義妹《いもうと》が勇者になりました。

4

義妹が勇者になりました。④

登場人物紹介

里桜（リオ）
本編の主人公。面倒くさがりでダウナー系の女子高生。異世界へ召喚され、「闇」の力を得る。
天音（アマネ）
リオの義妹。異世界へ勇者として召喚され、「光」の力を得る。
ジャック
里桜の眷属で三つ頭のケルベロス。

ルナ
月の精霊。
レグルーザ
虎の獣人。
通り名は「神槍」。
エイダ
雷の精霊。
カミラ
アンセムの姉。
イール
ヴァングレイ帝国
第七皇子。
アンセム
天才魔術師。先代の勇者と
関係が……？

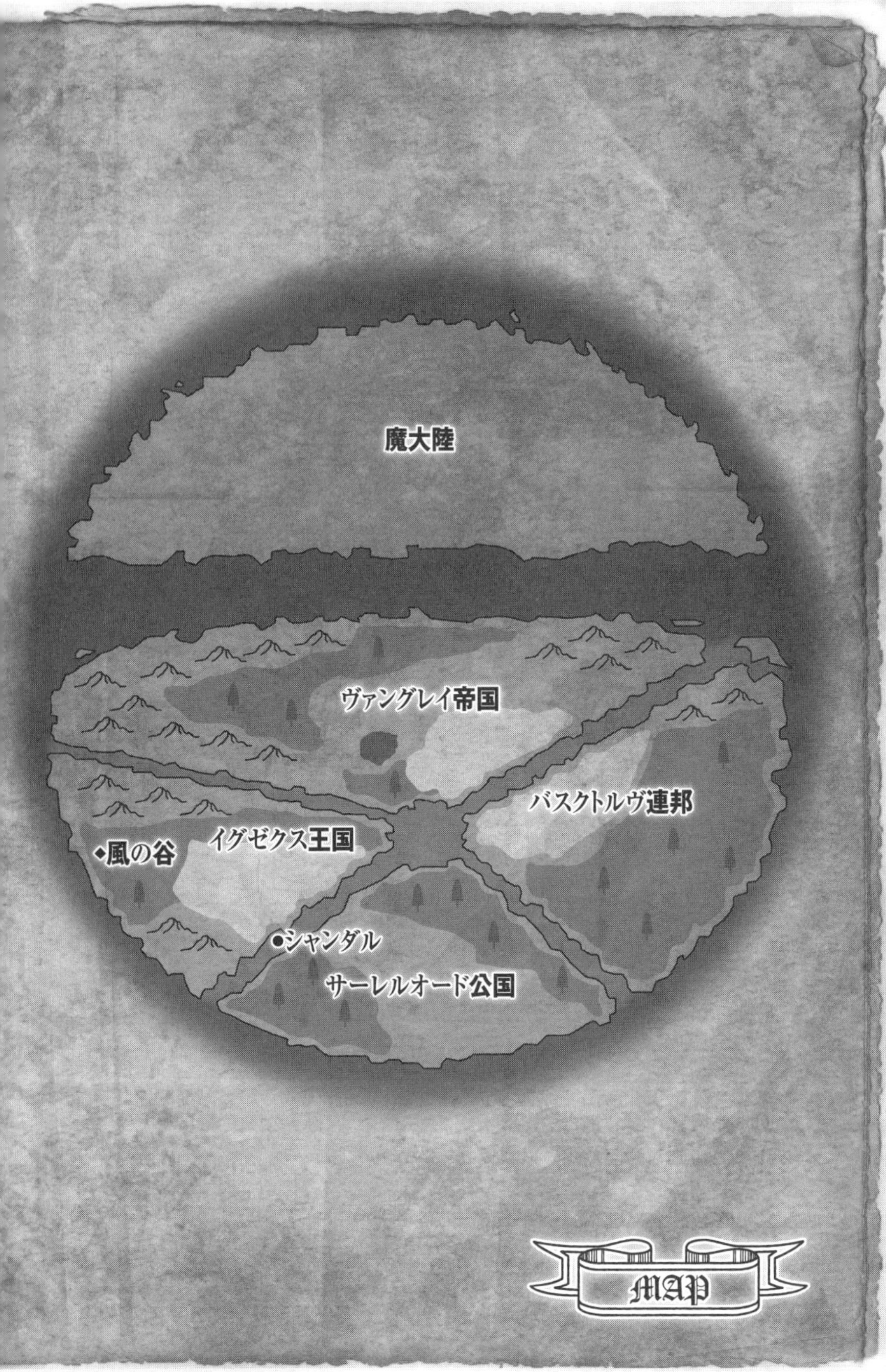
魔大陸
ヴァングレイ帝国
バスクトルヴ連邦
◆風の谷
イグゼクス王国
●シャンダル
サーレルオード公国
MAP

目次

◆◆◆◆「プロローグ。」

まだ薄闇ただよう木立の向こうで鳥が飛び立った。

夜明けの空気はひんやりと澄んでいて、かすかな音でもよく響く。

小さな獣が落ち葉を踏む音をとらえた耳が、反射的にその方向へと動くのを感じながら森を出ると、近くにいたブラッドレーが声をかけてきた。

「レグルーザ、早いな。もう見回りしてきたのか？」

そう言う彼は俺《おれ》と同じ『傭兵《ようへい》ギルド』に所属する傭兵で、ランクAの通称『鎖《くさり》』。年齢は四十を超えているはずだが、若い頃から変わらず一人で動くことの多い現役傭兵で、ギルドを束ねる総長に近い人物だと噂《うわさ》されている。

今はちょうど、野営地から離れた森の近くで二頭のガルムの世話をしているところだったようだ。

ガルムは目が四つもあることをのぞけば犬に似た魔獣で、馬の代わりに馬車を引くことができるほど大きな体をしている。群れで生活する習性があるため比較的馴《な》らしやすいものの、それでも牙のある雑食動物なので扱いは難しいと言われているが。

ブラッドレーは慣れた様子でかたい毛並みにブラシを当てており、ガルムもおとなしく身をゆだねている。二頭とも、よく馴らしてあるようだ。

「ああ。静かなものだった」

二頭のガルムを刺激しないよう、彼らから距離をとって森から離れながらブラッドレーに答える。

彼は「そうか」と頷いた。

「ここはイグゼクス王国だからね。危険な魔獣にはまず出くわさないし、大型の肉食動物も少ない。北のヴァングレイ帝国や東のバスクトルヴ連邦に慣れた君には、静かすぎて落ち着かないくらいだろう」

「こちらに来たばかりの頃は、確かにこの静けさを奇妙に感じたが。今はもうだいぶ慣れてきた。ただ、これに慣れ過ぎると感覚が鈍《にぶ》るだろうな」

俺の本拠地である大陸の北東部には、西部のイグゼクス王国とは比べものにならない強さの大型魔獣が多く暮らしている。あまり感覚を鈍らせると、戻った時に苦労することになるだろう。

しかし、今は依頼を受けて仕事をしている最中であるため、感覚を維持するためにいつもやっている大型魔獣の討伐《とうばつ》任務をこなしに行く、というわけにもいかない。

息をつき、何度見ても静かで穏《おだ》やかな夜明けの森を眺《なが》め、仕方のないことだ、と意識を切り替えたところでブラッドレーが言った。

「それならちょうどいい運動がある。きっと緊張感と注意力を必要とするだろうし、さほど時間もかからない。やってみるかね？」

興味をひかれ、それは何だ、と応じると、彼は野営地の方を向いて声をかける。

「おーい、ヴィンセント。『神槍《しんそう》』が朝稽古《げいこ》の相手を承知してくれたぞ」

ちょっと待て、と止める間もなく、向こうにいた三代目勇者の従者の一人、第二騎士ヴィンセント・ロウから「それはありがたい」という声が返った。

ただの傭兵にすぎない俺は今、何の因果か三代目勇者の野営地にいる。

事の始まりはイグゼクス王国が世界の命運をかけて勝手に行った儀式、勇者召喚《しょうかん》だ。

過去二回成功し、それぞれの時代に勇者と呼ばれる英雄をもたらしたその儀式は、なぜか今回、異世界から二人の少女を連れてきた。

義理の姉妹であるという彼女達のうち、妹のアマネは前に召喚された者達と同じように『光の女神』の加護《かご》を受けて勇者の資質を認められ、今はイグゼクス王国の精鋭《せいえい》達を率いて世界五大聖域の一つである『風の谷』へ行くため、西に向かって旅をしている。

彼女が召喚されたことや王都を旅立つ時のことを大きく報じた新聞も、むろん各国の上層部も、その旅路に並々ならぬ関心を持って注目しているようだ。

三代目勇者アマネの行くところ、まだ幼さの残る可憐《かれん》な美貌《びぼう》の少女を一目でも見たいと願って、多くの人々が集まってくる。

そしてそんな彼女とともに召喚されながら、ほとんどその存在を報じられることもないままイグゼクス王国王城から姿を消したもう一人の異世界の少女、リオ。

義理の姉妹であるためアマネと血のつながりはないが、実の姉妹以上に仲の良い彼女は召喚された数日後、義妹《いもうと》を安全な場所である王城に置いておいて、自身は一人で元の世界へ帰る方法を探すための旅に出た。そして……

「レグルーザ。あたしの助言者《アドバイザー》になってほしい」

王都で偶然出会って数日ともに過ごした後、リオは俺にそう言った。

「あたしには調べたいことがいくつかあるんだけど、どこでどうやって調べればいいのか、よくわからない。それを手伝ってほしい、っていうのが一番。あとはこっちの世界の常識とか、みんなが知ってて当たり前なことがわからないから、そのへんを教えてもらいたい」

リオにはその時保護していたトラの獣人の少年を二度も助けてもらったという恩があったため、俺はその依頼を引き受けた。

こちらの世界とはずいぶん様子の異なる、人間ばかりの異世界で育ったという彼女は、しかしトラの獣人である俺を怖がることなく、むしろくつろいだ様子でのんびり笑って「レグルーザ」と呼ぶ。そんな彼女とともに旅する時間は不思議と心地よく、しかしたまに思いがけない行動に出るのでなかなか気が抜けず。

それでも彼女が必要とする間は、たとえどれだけ時間がかかろうとその旅に同行し続けようと思っていたというのに。

「ごめん、なさい」

愚《おろ》かな魔法使いが四人の少女を殺し、一人の少年を生け贄《にえ》に捧げて死神召喚の儀式をしようとしているところへ出くわしたリオは激怒して、見たことも聞いたこともない強大な力を使ってその魔法使いに瀕死《ひんし》の重傷を負わせると、俺の前から消えてしまった。

「あたしのこと、わすれてください」

姿が消える間際、いつも楽しげに笑っていた瞳《ひとみ》が暗く陰り、涙がこぼれ落ちるのを手の届かないところから見ているしかなかった俺が、後でそのことをどれほど悔《く》やむかも知らず。

元の世界にいた時は特別な力などない、ごく普通の少女だったというリオ。

この世界に召喚されてから、自分でもわけがわからないうちにあの奇妙でとてつもなく強大な力を手に入れ、そのことを誰にも言えずひとりおびえていたのだ。

その後は幸い、いくらか時間はかかったものの彼女の義妹であるアマネの元で待ち伏せていたことが功を奏し、再会したリオはまた俺とともに旅をするようになった。

まあ、俺と離れていた間に未来視の力を持つ『星読みの魔女』アデレイドや、大陸北部を支配するヴァングレイ帝国の第七皇子イールヴァリード、傭兵ギルドの総長クローゼルとまで知り合いになったというのだから、本当に、まったくもって予想のつかない少女ではあるが。

「あ、レグルーザ。おはよ……、ふぁ、ぁ〜」

数日ぶりに勇者一行と合流し、昨夜は義妹のアマネとともに馬車で眠っていたリオはもう、おびえた顔で逃げたりしない。

そして、俺は彼女が泣きながら消えたあの時、その身にどんな力があってもかまわない、ただ守りたいのだと思った自分を忘れはしない。

「おはよう、リオ。まだ眠そうだな」

「ん〜。もうちょっと寝てたかったんだけど、なんか、天音《あまね》が起きたのにつられて起きちゃってさ。ちょっと顔、洗ってくる〜」

「ああ。……寝ぼけて川に落ちるなよ」

「だいじょーぶ〜」

どう見てもまだ半分ほど眠っている様子でふらふら歩いていくその背を見送り、苦笑した。

背負わされた荷は重く、それによってこの先どこへ行くことになるのかもわからない不安につきまとわれているだろうに、再会した後も以前と変わらず、リオはこんな調子でゆるゆると自分の道を歩んでいる。

さして魔法に詳《くわ》しいわけでもない俺に、その歩みを助けられるとは思えないが、ただひとつ。

彼女がどこへ辿《たど》り着くのか、見届けるくらいのことはできるだろう。

誰に語るわけでもなく、何を記《しる》すということもないが、彼女が何を望み、何を選ぶのかには興味がある。

水を汲むついでに様子を見に行った先で案の定、濡れた石で足を滑らせて川に落ちかけたリオの襟首《えりくび》を掴《つか》み、軽く引いて体勢を戻してやりながら思った。

見守ろう、この、手をのばせば届く位置から。

「ふぉぉ～。目が、目が覚めた～」

「それより自分でちゃんと立て。そのままだと本当に落ちるぞ」

「ま、待って、あぐ、首が、首がしまるぅ～！」

……見守ろう。この、思わず脱力しそうになる位置から。

◆◆◆◆第七十二話「四連戦と予言とナゾ。」

〈異世界四十日目〉


「あ～。朝からびっくりしたぁ」

きれいな水の流れる川で顔を洗うと、のどをさすりながらみんなのところへ戻る。

まさかあんなところで足を滑らせるとは思わなかったから、近くにレグルーザがいてくれて助かった。おかげで朝っぱらから濡れネズミにならずに済んだ。

「ん？」

そうしてシャッキリ目が覚めたところで、朝食の準備が進む焚《た》き火の方へと戻る途中。

先にそちらへ行ったはずのレグルーザがなぜか、火から離れた場所で朝の鍛錬《たんれん》をする勇者一行の中に入っていることに気がついた。

まじめな天音《あまね》は王城を旅立ってからも毎朝かかさず鍛錬をしているみたいだけど、レグルーザがそれに参加しているところを見るのはこれが初めてだ。

何をするんだろう、と興味を覚えて歩いていくと、従者達の中にいた天音が振り向いた。

「あ、お姉ちゃん。おはよう」

今日もよく晴れて青い、異世界の空の下。

腰まで届く艶《つや》やかな黒髪がふわりと揺れ、道行けば誰もが見惚れる美少女がさわやかに微笑む。

その表情を見て、心の中でほっとした。

昨日は落ち込んでいたのに、周りに心配をかけまいとしてムリに笑顔をつくっているのが丸わかりな様子だったけど、夜に二人で一緒に泣いたのが良かったみたいだ。

すぐには元の世界へ帰れそうになく、しばらくは両親にも会えないということをちゃんと認めて、気が済むまで泣いたから。今朝《けさ》の天音はだいぶすっきりした顔で、ごく自然に笑えている。

「おはよ～」

ぶらぶら歩いて寄っていき、声をかける。

「珍しいね、レグルーザがこういうのに参加するの。って、あれ？　バルドーも入ってる？」

ぐるりと辺りを見渡して言いながら、途中で首をかしげた。

イグゼクス王国が行った儀式で三代目の勇者として召喚された天音は今、七人の従者とともに西の聖域である風の谷を目指して旅をしているのだが、先日、ここに三人の協力者が加わった。

古くから続く未来視の力を持った『星読みの魔女』の血族の末裔《まつえい》、アデレイドと、彼女の『守り手』で獣人のバルドー。そして二人を乗せる馬車の御者《ぎょしゃ》をしたりしてその旅をサポートする、傭兵ギルドのランクA傭兵、『鎖』のブラッドレー。

勇者一行はなんとも賑《にぎ》やかな、総勢十人の大所帯となったわけだけど、今までの様子を見たところ、この中で朝の鍛錬をするのは天音と二人の騎士だけだった。

だからいつもの朝なら、天音の剣の相手はイグゼクス王国の中でもとくにその力を認められた二人の騎士、上流貴族のお坊ちゃんな第一騎士のギルベール・アルマンディン青年と、勇者一行の中であたしが一番信用している第二騎士のヴィンセント・ロウの二人だけだったのだが。

「レグルーザさんとバルドーさんに、稽古の相手をお願いしたの。それでこれから、レグルーザさんとギルベールが試合式の稽古をするんだよ」

訓練用の木剣《ぼっけん》を手にした天音が、わくわくした様子で教えてくれる。

傭兵ギルドの中でも上位に位置するランクSの『神槍』レグルーザや、『星読みの魔女』に心臓を捧げて半不死となった白髪赤眼の『守り手』バルドーの強さがいったいどれくらいのものなのか、興味があるらしい。

たしかに二人とも強そうだから、実際どんなふうに戦うのか見てみたい、という気持ちはわからないでもない。まぁ、あたしはさすがに、自分で戦って体感してみたい、とは思わないけど。「闇《やみ》討《う》ち・不意打ち・問答無用」系ならともかく、こんな朝っぱらから正々堂々、向かい合って剣を構えて試合するとか、完全に専門外だし。

でも、レグルーザはこういうの、わりと慣れていそうだ。

「おおー。『神槍』対、第一騎士か。レグルーザ、がんばってー」

参加する気はないけど見物はしたかったので、観客になってひらひら手を振りつつ応援。すると「お前の声を聞くと気が抜けるのだが」という失礼なつぶやきが返る。なるほど、つまりそれは、もっと応援してくれ、という催促ですね？　よろしい期待に応えよう！　とあたしが口を開きかけたところで、ヴィンセントの声が響いた。

「始め！」

開幕の合図と同時に第一騎士がレグルーザに突撃する。なかなかの勢いだ。あたしは応援の言葉を飲み込み、静かに見物することにした、のだが。

どうにも試合と呼べる試合にならないので、思わず苦笑してしまった。

熱血系の元気な第一騎士くんは威勢よく声をはりあげて攻撃するのだが、レグルーザは最初の立ち位置からほとんど一歩も動かないまま、すべてを軽々と受け流してしまう。二人が使っているのは天音が持っているのと同じ木剣なので、武器に優劣はない。ただ、もともとの身体能力も経験も技量も、第一騎士は『神槍』の足元にもおよばないらしく、まるで試合にならないのだ。

一方、レグルーザは完全に「剣の稽古の相手役」という意識みたいで。血気盛んな騎士くんをあっちこっちへ振りまわし、いくらか付き合ってやるうちに疲れた様子が見えたところで、ごく自然な動作ですいと青年ののど元へ剣先をつきつけ。

「そこまで！」

ヴィンセントの声に、木剣を引いて終わらせた。

比べる相手が悪いのかもしれないけど、なんともはや、圧倒的な実力差だ。

膝《ひざ》から崩れ落ちてはぁはぁと肩で息をする第一騎士とは正反対に、それまで座ってでもいたかのように平然としている傭兵。

ランクS強《つえ》ぇー。と、思ったのはあたしだけじゃなかったみたいで、闘争心かなにかを刺激された他の三人がいっせいに次は自分が！　と主張。

話し合いの結果、勇者パーティのリーダーである天音が次の挑戦権を手に入れた。

「よろしくお願いします！」

きらきら輝く瞳で元気よく言う美少女に、ものすごくやりにくそうな顔でうなずくトラの獣人。

「始め！」

ヴィンセントの声で試合開始。

天音の技量は見たところ、先の第一騎士くんとほぼ同レベルか、彼よりちょっと上くらいだったけど、試合としてはさほど変わらず。

レグルーザが受け流し方をすこし変えたため、天音が膝をつくほどおおきく振りまわされることがなかっただけで、ランクSの傭兵はやはり最初の立ち位置からまったく動かないし、自分からは攻撃しない。

そうしてしばらく後、天音の動きがほんのすこし鈍ってくると、頃合いを見計らってレグルーザが動いた。木剣が当たる、コン、という軽い音がして。天音の手から木剣がすっぽぬけ、ぽーんと空を飛んで、離れたところにカランと転がり。

「そこまで！」

試合終了。

肩を上下させ、荒い呼吸をしながら空っぽになった自分の手を見おろし、「え？」と不思議そうな顔をする天音に、「指を痛めなかったか」とレグルーザが訊《き》いた。

大丈夫ですと答え、「ぜんぜん相手にならなかった……」としょんぼり帰ってきた天音の頭を、よしよしと撫《な》でてやる。

鍛錬のための試合とはいえ、見あげるほどでかいトラの獣人を相手に、ためらいなく突撃できるだけでじゅーぶんスゴイとおねーちゃんは思います。

でも、君はできるだけみんなの後ろにいて、突撃はしないようにしてほしいんだけどなー、とため息をつきながら、次の挑戦者となったヴィンセントが木剣を構えるのを、天音とならんで座って見守った。

「始め」

審判役を交代したバルドーの声で、試合開始。

ヴィンセントの剣は第一騎士の熱血あんちゃんより一撃が重く、しかも受け流されても即座に体勢を立て直して連続した攻撃を叩きこめるだけの安定感がある。

レグルーザは相変わらずその場から動かなかったけど、ヴィンセントの攻撃を受け流す合間に、初めて自分からも攻撃した。それを避けたヴィンセントは、避けるその動作を利用して勢いを乗せた一撃を返すも、レグルーザに見抜かれて空振り。先の二人よりだいぶ善戦したけれど、結局レグルーザには勝てず、剣をはじきとばされて試合終了となった。

手合わせ感謝する、と一礼して、審判役をしていたバルドーと交代する。

「なぜ俺だけ連戦なんだ」

疲れた様子はなかったけれど、これで四人目だ。さすがに不満げな様子で言ったレグルーザに、対するバルドーがニヤリと好戦的に笑って答える。

「ただの朝飯前のお遊びじゃねぇか。もう一戦、オレとも遊んでくれ」

レグルーザはしかたがないなと軽く息をつき、白髪赤眼の『守り手』に視線をすえる。

そうして目を合わせると、二人はどちらからともなく木剣をほうって素手になった。

静かに高まる緊張のなかで、ヴィンセントの声が響く。

「始め！」

すぅっと、音もなくバルドーが動いた。

かなりのバネがあるらしく、その体は助走もなしにほとんど一瞬で高速に乗る。そして長身で大柄な外見からは信じられないほど速く、しなやかな動作で真正面から拳《こぶし》を打ちこんだ。

対するレグルーザはその攻撃を最小限の動きで避けると、初めて試合開始時の立ち位置から動いて反撃した。

すごい速さで拳が空気を切り裂く鋭《するど》い音と、かわしきれない攻撃を防御《ぼうぎょ》する鈍い音が響く。

どちらの動きもおそろしく速い上、一撃にこめられている力がかなり強いようで、ぶつかり合った時の迫力がものすごい。空気がビリビリふるえるのが、離れたところにいても肌で感じられるほどだ。

けれど、息をのんでしばらく様子を見ているうちに、ふと気づく。

拳を使った打撃だけじゃなく蹴《け》りも入ってたりするけど、『神槍』対『守り手』の格闘戦はお互いうまく間合いを取りながら適度に体を動かす、バルドーが言った通りの「遊び」のようだ。

ちょっと、というか、だいぶレベルの高い準備運動《ストレッチ》みたいな。どちらも真剣だけど本気ではなく、勝敗を決めるために戦ってるわけじゃない感じ。

でも、「遊び」でこの迫力って、なんかもう別世界だねー……。

天音とならんで「わー」と見物していると、それはヴィンセントの合図なしに終わった。

ひとしきり激しくぶつかり合った後、すっとお互い後退して距離をとると、どちらからともなく両者が構えをといたのだ。

そして「え？　これで終わり？」と頭の上に疑問符を浮かべている見物人達の前で、数秒とかからず呼吸を平静に戻したバルドーが言った。

「しばらく動いてなかったせいで、体がだいぶ鈍《なま》っちまってな。ヒマがあったらまたいいか？」

レグルーザが「かまわない」とうなずいて答えると、バルドーは感謝のしるしか軽く手をあげてみせてから、アデレイドのところへ戻っていった。

どうやら本当にこれで終わりらしい。

あたしはレグルーザに「お疲れさまー」と声をかけてから、ひとつ質問した。

「ねぇ、レグルーザ。なんでバルドーの時だけ素手？」

「彼とやるには、この木剣ではもろすぎる」

借り物の木剣を壊さないように、ということで、素手での格闘戦になったらしい。

それは木剣の強度の問題なのか、獣人達の筋力の問題なのか？

よくわからずに「ふーん？」と首をかしげていると、ブラッドレーが来た。

「ちょっといいかい？　総長から連絡が入ったんだが」

傭兵ギルドの総長はレグルーザに何か用事があるそうで、彼の現在の依頼人であるあたしも一緒に来てくれと言われたので、鍛錬を続ける天音達から離れて二人でブラッドレーの話を聞いた。

といっても、話という話ではなく。ブラッドレー経由で傭兵ギルドの総長《そうちょう》から呼び出しがあり、レグルーザは急用がなければ、できるだけ早くイグゼクス王国の王都にある本部へ行かなければならなくなった、とのこと。

何の用件で呼ばれてるのかは不明だけど、今のところあたしの希望は「しばらく天音達と同行する」ことなので、その間にレグルーザが王都へ行くことには何の問題もない。

あたしはすぐこっちに戻るけど、王都まで〈空間転移《テレポート》〉で送ろうか？　と提案した。この魔法は一度行ったことのある場所になら一瞬で移動できるというもので、普通の魔法使いは何やら大掛かりな準備が必要みたいだけど、なぜだかあたしは単語詠唱《ワン・スペル》で発動させることができる。

今までの旅でそれを知っているブラッドレーが「それはいい」と賛成し、総長と連絡をとった。

ちなみにこの連絡手段、「どうやって連絡するの？」と訊いたら「秘密」とにっこり言われたので、やり方は不明。あたし達からは見えないところで連絡とってたから推測のしようもないし、あたしものぞき見しなかったし。

遠距離の連絡方法には興味があるんだけど、罠《トラップ》による生け捕《ど》りが得意だというランクA傭兵、『鎖』と呼ばれる彼にケンカ売るほど無謀にはなれなかったから、まあ、しょーがない。

そうしてブラッドレーが総長と連絡をとった結果、朝食後に〈空間転移《テレポート》〉でレグルーザを王都にある傭兵ギルド所有の館へ送り、夕方迎えに行く、ということになった。

館の場所を訊《たず》ねたところ、以前、総長が『星読みの魔女』と会談する時に使った場所だというので、それならちょうどその時アデレイドに同行していたあたしも行ったことがある。転移の魔法で問題なく行くことができるだろう、と頷《うなず》いた。

それにしても、急ぎで呼びだすわりに日帰り程度で済んじゃう話なんだなー、と考えていると、今度はふらりとアデレイドが来た。

やわらかに波うつ長い銀髪が、ふわふわと雲の上を歩くような足取りにつられて夢見るように揺れている。どこか神秘的な雰囲気のあるスミレ色の瞳の、優しげな美女。

おはよう、と声をかけようとして、ふと、何か様子がおかしいことに気がついた。

アデレイドはどの国にも属さない『星読みの魔女』の末裔として、有力者達からの影響を受けずに代々受け継がれてきたこの世界の歴史を教えてくれる、あたし達異世界姉妹の大事な先生だ。まだ若いけれどしっかりしていて、こんなふわふわした歩き方はしないし、ちゃんと自分から挨拶《あいさつ》してくれる。

なのに、今朝はいったいどうしたのかとよく見れば、銀髪美女はあわい虹色の光を帯びた瞳にレグルーザを映し、小さな声で何かつぶやいていた。

「『鍵《キイ》』が目覚めた。『歴史書《レコード》』も連動する……？　どちらも前に視《み》た時よりだいぶ早い。そう、まだ、早すぎるはずなのに。『茨姫《いばらひめ》』の一件の影響が……」

どうやら未来視をしている最中らしい。

前に一度、アデレイドが『調和の女神』からの啓示を受けているところを見たことがあるけど、その時よりは虹色の光が弱い。ということは、これは啓示を受けているのではなく、アデレイドが自分で女神の力を使って予知をしているのだろうか？

状況がわからず様子を見ていると、『星読みの魔女』が急にはっきりとした声で言った。

「『神槍』、杖《つえ》は受け取ってください。無垢《むく》なる『鍵《キイ》』に悪意はない」

言い終わるなりアデレイドはくらりと倒れかけ、いつの間にかそばにきていたバルドーの腕に受け止められる。そして『守り手』はあたし達が見守るなか、難しい顔をして口の中で何かをつぶやき続ける『星読みの魔女』をふわりと抱きあげると、無言で焚き火の方へと歩き去った。

……えーと。なんかよくわからんけど、今のは「予言」と思えばいいのか？　知らない言葉があって、今ひとつ内容がよくわからないんだけど。

首をかしげ、あたしは誰にともなく訊いた。

「『鍵《キイ》』とか『歴史書《レコード》』って、何？　……ん？　目覚めた、ってことは、正確には誰？　と訊くべき？」

『神槍』と『鎖』が揃《そろ》って知らんと首を横にふったので、ナゾはナゾのまま残された。

◆◆◆◆第七十三話「災厄の王の末裔。」

朝食の後、みんなが後片づけをしている間にレグルーザを王都へ送った。

「〈空間転移《テレポート》〉」

王都にある傭兵ギルド所有の屋敷の、玄関広間《エントランス》に到着。

一度来ただけのところなので、間違えてないよなと周囲を見て確認していたら、すぐそばから高音のやわらかな声が聞こえた。

《おお、久方ぶりの良き日より》

本日の王都、天気は雨。

レグルーザの隣にいきなり現れた美女に、見惚れるよりもギョッとする。

透き通るように白い肌と、まどろんでいるかのような紫紺《しこん》の瞳。同じく淡い紫紺の色をした髪は長く、滝のように背を流れて足元で渦《うず》を巻く。人ではありえない、浮世離れした端整な美貌の女性の正体は、レグルーザが愛用する槍に宿る雷《いかずち》の上位精霊、エイダだ。

その槍は銘《めい》を『形なき牙《きば》』という、昔活躍した有名な鍛冶師《かじし》の作。……らしいけど。

天気が悪いと元気になって、主人であるレグルーザの意思に関係なく勝手に人型になるエイダは中身に問題アリな、自由奔放《ほんぽう》系の困った美女で。

初対面でその被害にあったあたしは、彼女のことがどうにも苦手だ。

《ようやく会えたの、娘や》

それなのにエイダはまるで気にせず艶《あで》やかに微笑み、何をしようというのか、こちらに向かってたおやかな手をのばしてくる。

このところ天気が良かったせいか姿を見なかったものだから、すっかり油断していたあたしは驚きに「のぁっ！」と叫び、あわててエイダの手が届かないところまで後ずさると。

「レグルーザ、また夕方に来るから！」

がんばってねー、と応援だけして逃走した。

「〈空間転移《テレポート》〉」

何か言いかけていたレグルーザと、浮き世離れした美貌にアヤシイ微笑みをうかべるエイダを王都に置いて、ひとり天音《あまね》達のところへ戻る。

周囲の風景が一瞬で変わり、先と同じくそれぞれに出発の準備をしている人達の様子にほっとして余裕ができると、心の中で合掌《がっしょう》した。

レグルーザ、置き去りにしてゴメン。夕方にはちゃんと迎えに行くから、それまではエイダの好きなお酒でも飲ませてしのいでください。

そして、王都の天気！

夕方には晴れてますよーに！

わりと真剣に、誰にともなく祈った。

三代目勇者一行と『星読みの魔女』一行の準備が整うと、出発。

あたしはアデレイドに話があるからと頼み、『守り手』抜きに二人だけで『星読みの魔女』の馬車へ乗せてもらう。

朝食前にちょっとおかしな様子で予言をしていたアデレイドに「調子はどう？」と訊くと、未来視の力が急に活発に働くと受け止めきれずに時々ああなるだけで、とくに問題はない、という返事だったのでほっとした。これからする話は、ちょっと長くなりそうなのだ。

「えーっと。どこからどう始めればいいのかなぁ？」

それはあまりにも予想外すぎてすぐには受け入れられず、聞いた直後はレグルーザの腕をかかえて現実逃避に走ったほどの裏話。自分自身、まだちゃんと理解していないような気がするので、頭の中でその内容を整理しながら語りはじめる。

「アデレイド。すこし前にあたしとレグルーザが別行動で『茨姫』捕まえに行った時のこと、覚えてる？　イールが来て手伝ってくれたんだけど、向こうも仲間が来て、結局どっちも捕まえられなくて。しかもあたしは『茨姫』を生け捕りにしようとした魔法の巻き添えくらって眠り込んじゃって、そのまま三日間ずっと寝てたっていう、あれ」

魔法使いの少女『茨姫』ロザリーは、こちらの世界の過激派地下組織、『黒の塔』の幹部の一人だ。彼女はしばらく前、同じく幹部である『人形師』サヴェッジとともに、総帥の命令でヴァングレイ帝国の第三皇女シシィ・リーンを誘拐。それと同時に第七皇子イールヴァリード、略称イールの力を封印して連れ去った。

一方のあたしは旅の途中、『死霊の館《レイス》』へ死霊《レイス》退治に行ったところ、偶然、『茨姫』の弟子がイールを死神召喚《しょうかん》の儀式の生け贄にしようとしている場面に出くわした。そこで彼を助けて封印を解いたことをきっかけに、一連の事件と関わることになる。

ただ、『茨姫』ロザリーとはそういう偶然だけでなく、あたしが現在の所有者となっている三冊の外道な魔導書《グリモワール》の中の一冊、『琥珀の書《アンブロイド》』の著者ウォードの娘だった、という奇妙な縁があり。そのせいで彼女に命を狙われるはめになっていて、「君達どういう親子関係だったの……」といささかげっそりしている。

女と子どもと老人は守るものだとしつけられている上に、琥珀《アンブロイド》の書を受け継いだ時、魔法の知識と一緒にロザリーを溺愛《できあい》していたウォードの記憶まで頭の中に入れられてしまったあたしにとって、父親の記憶の中からそのまま抜け出てきたような少女の姿のロザリーは、とてもやりにくい相手なのだ。

次に彼女と会ったらどうすればいいんだろう、と思わずため息をつきそうになったところで、アデレイドが頷《うなず》いて答えた。

「はい、覚えております。傭兵ギルドを通じてリオさまが眠りから覚めないという報《しら》せが来た時は、アマネさまとともに皆、リオさまの身を深く案じておりました」

それについては自分ではどうにもできない、不可抗力、というやつだったけど、心配させたのは悪かったなぁ、と反省している。

「なんか、ごめんね。わざとそうなったわけじゃないし、サーレルも悪気があってしたことじゃなかったと思うんだけど」

何と言ったものか、困惑気味に話したところで「サーレル、とは……?」とアデレイドが訊ねてきた。

さすがは『星読みの魔女』、察しが良くて助かるな、と思いつつうなずく。

「実はそのことで、アデレイドに聞いてもらいたい話があるんだよ」

そしてガタゴトと揺れる馬車の中で、あたしはローザンドーラで三日間も眠り続けていた時のことを語った。眠っている間に会ったものと、それに教えられた信じられない予想外の話を。

「あたしはずっと、この世界に召喚されたのは、天音が『光の女神』に気に入られたからだと思ってたんだけど。実はどうも、あたしのせいで天音が巻き込まれたみたいなんだよね……」

考えるだけで頭が痛くなるその裏事情を教えてくれたのは、あたしの魂の中で眠っているという『空間の神』サーレルオード。夢の中で会った時は黒猫の姿をしていて、あたしは「サーレル」と呼ばせてもらっている。

サーレルは元々、この世界ともあたし達のいた世界とも違う、まったく別の世界の創世神で、『時の神』と『空間の神』という一対の存在の片割れだったという。

けれど『時の神』がこの世界の『闇の神』に召喚され、そのまま喰われて魔王の一部と化してしまったせいで、後を追いかけてきた『空間の神』サーレルは神々の争いに巻き込まれた。

そこから、サーレルはかなり波乱万丈な神生《じんせい》を歩むことになる。

まず始めに魔王から片割れを取り戻そうとして戦うも失敗し、ならばと協力者を求めて異世界から初代勇者を召喚。黒猫姿で一緒に旅をして鍛え上げた彼と再度、魔王に挑戦し、一応の勝利をおさめたのだが、片割れの『時の神』についてはもう完全に魔王に同化してしまっていることを思い知らされる、という残念な結果に終わる。しかもその時にはもう帰るべき自分の世界も失っていたので、サーレルは北の魔大陸で魔王の魂を封印しつつ、せめて暴走し続ける魔王を正気の『闇の神』に戻すため、いずれ竜人の血族に生まれるであろう『闇の神子』を、体力回復のために眠りながら待つことにした。

しかし、『闇の神子』が生まれるより前に、イグゼクス王国が勝手に召喚していた二代目勇者テンマ・サイトウによって起こされる。

異なる世界を行き来する力は、今のこの世界ではサーレルしか持たないのだが、イグゼクス王国はサーレルが初代勇者を召喚した時に使ってそのままにした場所にあった力で、彼をこちらに召喚していたのだ。

サーレルは自分の力のせいでいきなり異世界に引きずり込まれたテンマを気の毒に思い、彼を生まれ故郷へ帰してやることにした。

そして、初代勇者と旅した時の黒猫姿でテンマとともに世界を渡った先で、あたしを見つける。

何をどう気に入ったのかはよくわからないけれど、サーレルにとってあたしは極上に相性の良い魂なんだそうで、一目見て「欲しい」と思ったらしい。

しかし当時、あたしはまだ母親のお腹の中にいて、このままでは母子ともに命の危険がある、という状態。このままでは手に入れるどころか、母親もろとも死んでしまって、二度と巡り会えなくなる。

そこで、サーレルは母親のお腹の中のあたしに、契約を持ちかけた。

死後に自分のところへ来てくれるなら、母親とお前の命を助けよう、という契約だ（ちなみに死後の魂が売約済みになることを除けば、一度は人間として生きることを尊重してくれる、わりと良心的な契約内容だと思う。優しいサーレルは、あたしを大事に思ってくれてるみたいだし）。

どうしても生きたかったあたしにとって、その申し出は渡りに船。一も二もなく飛びついて、おかげで母子ともに無事で産まれることができたけれど、その代り身の内にサーレルという異世界の神を宿し、死後は魂の状態でこちらの世界へ連れてこられる予定となった。

……が。

イグゼクス王国が三度目の勇者召喚を行い、それを利用して『光の女神』がサーレルを呼び戻そうとしたせいで、サーレルを宿したあたしと一緒に勇者の資質を持つ天音が巻き込まれ、こちらの世界へお二人様ご招待、となったらしい。

「『光の女神』が自分を呼び戻そうとしたのは、たぶん『闇の神子』が生まれたからだろう、ってサーレルは言ってた。竜人の娘さんは寿命が短いっていうし、みんなが待ち続けた待望の子だから、『光の女神』も急いじゃったんだろうね。……ただ、個人的にはあんまりいいタイミングじゃなかった。今さらそんなこと言ったってしょうがないとは思うけど。もしも、あたしが死んで、魂の状態でサーレルに連れてこられた後だったなら」

本当にもう、これを思うとどうしようもなく心が重くなり、沈んだ声でつぶやいた。

「……天音は、巻き込まれずに済んだのに」

ため息をついて、話を終える。いまだに自分の中でもどう扱えばいいのかわからず、持て余し気味な内容なので、いつものように軽口を叩いてみせる気力もない。

それでも、いつまでも黙り込んでいるわけにはいかないので顔を上げたら。

「では、イグゼクス王国が召喚せずとも異界の御方《おかた》……、いえ、『空間の神』は、リオさまとともにこちらの世界へお戻りになられるはずだったのですね。けれど、今となってはリオさまもアマネさまも自由に元の世界へは帰れず、『空間の神』の復活にはリオさまの死が求められる……。ああ、なんということに……！」

状況を理解したアデレイドは、悲劇のヒロインのごとく嘆き悲しんでくれたので、ちょっと困った。

「アデレイドが悪いんじゃないし、そんなに深刻にならなくても」

美人に泣かれるのは苦手なので、とにかくなだめようとそう言ったのだが、逆効果だったらしい。

悲しみだけではない何かで、スミレ色の瞳はますます潤《うる》んだ。

「いいえ。『星読みの魔女』の一族には誰よりも『空間の神』に、そして今はリオさまとアマネさまに、償《つぐな》わなければならない罪があるのです」

罪？

わけがわからず首をかしげていると、「まずは以前、神話について語った時、すべてを明かさなかったことをお詫び申しあげます」と丁寧《ていねい》に謝り、アデレイドは真剣な眼差しでまっすぐにあたしを見た。

「これより語る言葉は、『星読みの魔女』一族の秘伝にございます」

そして静かな声が、ゆっくりとした口調で秘密を語る。

「『空間の神』の半身である『時の神』がこの世界へ喚《よ》ばれ、『闇の神』に喰《く》らわれて「魔王」となったのは、古代魔法王国の王が犯した罪のためなのです」

それはまだ、この世界の大陸が一つしかなかった頃のこと。

人間は『闇の神』に見守られながら、北の地で魔法を基盤とした文化を育み、もっとも優れた魔法使いを王として暮らしていた。

その古代世界で、魔法王国の何代目かの王が行った儀式が、災厄《さいやく》の始まり。

ある時、愛する王妃を亡くして心を病んだ王が、王妃によく似た第二王女を生け贄として、死者復活の儀式を行った。

けれど、死者復活はこの世界の創世神クラスの存在でなければできないものなので、儀式は失敗。

生け贄にされた第二王女は命を落としたが、事はそれだけでは済まなかった。

第二王女が、『闇の神』の寵愛《ちょうあい》を受けた娘だったために。

王は儀式を『闇の神』が休む昼間に行ったが、愛する娘の死に、神が気づかないわけがない。

『闇の神』は真昼に目覚め、その無惨な死に激怒して荒れ狂った。

神の暴走はやがて世界に亀裂を入れ、北の地に異世界へつながる扉を作り出す（異世界につながる扉が開かれた理由は、王の行った死者復活の儀式で使われた魔法陣が異世界の存在に働きかける種類のもので、間近で『闇の神』の力に影響されたその魔法陣が異世界への扉となったのではないか、と推測されている）。

『闇の神』は光のあふれる昼の世界で思うように暴れられないことに憤《いきどお》ったのか、さらなる力を求めて異世界の神を喚んだ。

そうして扉から現れたのが、生まれたばかりの『時の神』。

怒り狂う『闇の神』は、己よりも強大な存在である『時の神』を喰らい、融合。


世界を壊す、「魔王」となる。


……この世界の神さまが、魔王になった？

ぱかーんと口をあけ、なんじゃそりゃー、と思っているあたしを置き去りにして、『星読みの魔女』は次なる秘伝を語る。

「『星読みの魔女』の始祖となったのは第一王女。彼女の『守り手』となったのは王子。二人は世界に「魔王」という災厄をもたらした王の子であり、その死によって『闇の神』を狂わせるほど愛された第二王女の、実の兄と姉でした」

王家に生まれた三人兄妹の末っ子が父に殺され、その父は最初の『闇の神』の暴走で命を失ったが、上の兄妹はかろうじて生き残り、王国の民とともに南へ逃れた。

そうして逃げる途中、なんの巡り合わせか『調和の女神』と遭遇。

王子と第一王女は女神に何が起きたのかを話し、心を病んだ父のあやまちを止められなかったこと、末の妹を守れなかったことを悔《く》いて、断罪を望む。

『調和の女神』は、その望みに応じた。

罪の償いとして、二人が罪悪感などから死を選ぶことを禁じ、彼らに役目と力を与えたのだ。

妹の第一王女には、「世界が良き道を歩むよう尽くす」という役目と、「世界を視る」力（未来視と、過去を知る力も含まれる？）を。兄の王子には、妹へ心臓をあずけて半不死になり、彼女を守る楯《たて》となる『守り手』としての役目と力を。

そして、彼らの父によって引き起こされたこの災厄がおさまるまで、『星読みの魔女』の力は王女の子や孫へ受け継がれていくと告げ、『調和の女神』は去った。

『守り手』となった王子は、唐突に得た未来を視る力に翻弄《ほんろう》され、混乱する妹の王女を守って、また南へ逃れる。しかし……

「以前、初代の『守り手』は、首を斬りおとされても倒れることすらなく、転がった頭のところまで平然と歩いていって拾った、という話をしましたが、その話ができたのがこの時です。王子の首を斬りおとしたのは、ともに南へ逃れてきた人間達。彼らは自分達が「魔王」と呼ぶものについて理解してはいませんでしたが、その災厄を生み出したのが時の王であった男だということは知っていましたので、彼の子である王子と王女に怒りをぶつけたのです」

けれど、半不死である王子は死なず、彼が守る王女に刃《やいば》はとどかず。

人々は斬りおとされた首を自分の手で拾った王子を「悪魔だ！」と恐れ、魔物や魔獣の襲来を予知して警告する王女を「お前が呼んでいるのではないか？」と疑って忌《い》み嫌い、二人を荒野へ追い払った。

生まれ故郷を失い、不慣れな土地を魔物や魔獣に襲われながら逃げ続けるという混乱の極みにあった人間達に、『調和の女神』が王子と王女に与えた役目と力について考える余裕などなかったのだろう。

けれど、一部には王家の生き残りである兄妹を慕う人もいて、その人達に助けられながら旅をした二人は後のヴァングレイ帝国となる地に流れ着き、古竜《エンシェント・ドラゴン》に受け入れられて、始まりの竜人の誕生に立ち会い、帝国の建国を影ながら手伝った（古竜《エンシェント・ドラゴン》はかつて『調和の女神』とともに暮らしていたため、女神から役目と力を授かった兄妹のことを好意的に迎えてくれた）。

そしてその後、何千年もの時が過ぎるなかで北の地に魔法王国があったことも、その王が「魔王」という災厄を生み出したことも、王の子が『調和の女神』から役目と力を与えられたことも。今を生きるだけで精一杯だった人々の記憶の中から消えてゆき、いつしか忘れ去られた遠い過去となった。

今ではそれを知るのはごく一部の獣人と古竜《エンシェント・ドラゴン》と。一連の出来事を子孫に伝え、災厄の王の末裔としてその罪を背負い続ける『星読みの魔女』一族だけ。


この世界に「魔王」が生まれた理由と、『星読みの魔女』の始まり。

一族の秘伝だという二つの話を語り終えると、アデレイドはやや血の気の引いた青白い顔で唇《くちびる》を閉じ、あたしの反応を待つ。

……いや、そんな真剣な顔で待たれてもさ。

どんなコメントすりゃーいいのか、さっぱりわからん。

ので、ため息まじりに思ったまま言った。

「とりあえず『闇の神』キレすぎってゆーか、暴走しすぎ。好きな人殺されて怒るのは当然だろうけど、殺した相手が死んだ後、なんで無関係な人達まで殺しまくって壊しまくって止まらないの？　どこまでやったら気が済むわけ？　神サマのくせに、恋人が死んだら世界も終了、とかいう極端な思考パターン？　他人を巻き込むなと叫んで殴りとばして埋めてやりたいね。

と、いうのはあたしの勝手な考えだから。アデレイド、答えようとして悩まないで。そもそも

『闇の神』以外に答えのわかることじゃないし。思ったことつぶやいてるだけだから、そのまま聞いといてくれる？

……ん、ありがと。じゃ、続き。

『闇の神』については置いといて。『星読みの魔女』の力を〝呪いのようだ〟って言ったアデレイドのお父さんの言葉、今の聞いてすごい納得した。何千年も前に起きたことの罪を背負って、それを償うために今も未来を視て〝世界が良き道を歩むよう〟にしなきゃいかんとか、そりゃー呪いだわ、とあたしも思ったから。アデレイドはその役目とか祖先の罪を背負うのとか受け入れてるみたいだけど、自分が悪いわけでもないのにものすごい苦労させられてるのって、どうなの？」

あ。つぶやきと言いつつ質問になった。

しまった、と思ったけど、アデレイドの考えが聞きたかったので、返答を待つ。

アデレイドはあたしの質問にちょっと驚いた様子だったけど、不思議な微笑を浮かべて答えた。

「わたくしは幸福です」

はい、予想外の返答をありがとうございます。

……で、それはどういう意味でしょーか？

あたしの顔を見て理解も納得もしていないことに気づいたアデレイドが、言葉を続ける。

「数えきれないほどの命の中で、わたくしは『星読みの魔女』の系譜に生まれ、父母に愛され、古《いにしえ》のあやまちの記憶を継ぐ立場とその罪を償うための力に恵まれました。責務は重く、時にはつらいこともあります。けれど果たすべき役目と、それを成すための力を授けられ、己が何をすべきかを自覚しているのは、とても幸福なことだと思うのです」

それに、とアデレイドはやわらかく微笑む。

「わたくしは独《ひと》りではありません。母が、祖母が、その前の母達の経験と知恵と願いがわたくしの内にあり、目指すべき未来へと導いてくださいます。今はバルドーも、『守り手』としてそばにいてくれますし」

「……理不尽《りふじん》だとは、思わないの？」

あまりにも優等生的な答えに不満を感じて問えば、かなしみやくるしみを含んだ不思議な微笑みを深め、アデレイドは穏やかな声で言った。

「リオさまはご自身が置かれた状況を、理不尽だ、と感じていらっしゃるのですね」

問いかけではないその言葉に、ぐっとつまる。

意識の切り替えは、たぶん、早い方だと思う。理不尽なことなんて大小さまざま山ほどあるし、いちいちそれに引っかかってなんていられないから、たいていのことはこだわらず通りすぎる。

けど。

あたしが死んで『空間の神』が目覚めないと世界を渡る術《すべ》がなくて、天音と一緒に帰れない、というのは。

「……すぐには割りきれないこともある、ってのを実感してる」

思わずぽろっとこぼしたけど、先をうながすように黙ってうなずくアデレイドに、口を閉じて首を横にふった。

落ち込むのはいつでもできるし、その時はひとりでどっかでまるまっとく。今はそんなことよりも、『星読みの魔女』に確認したいことがある。

てことで、教えて魔女センセー。

意識を切り替え、話題変更。

『星読みの魔女』の秘伝だという話を教えてくれたことに感謝して、他の人にバラしたりしないと約束してから、まずは『闇の神子』についての確認と質問。

「ヴァングレイ帝国の第三皇女、シシィ・リーンが『闇の神子』なんだよね？」

「はい。ヴァングレイ帝国皇帝と元老院、古竜《エンシェント・ドラゴン》のみが知る内密のことです。『黒の塔』の総帥が『闇の神子』についてどの程度のことを知っているのかは、わかりません。『闇の神子』ではなく、ただ「闇の純属性の竜人」として、皇女殿下をさらったのかもしれませんし。皇女殿下ご自身は、お生まれになってすぐ、父親である現皇帝から力と精神を封じられ、今も深い眠りの中においでです」

「生まれてすぐに？　父親から力と精神を封じられた、って、なんで？」

「闇の精霊は誰の呼びかけにも応えないので、皇女殿下が精霊同調症の発作を起こされた場合、抑えることができません。そこで皇帝陛下が発作そのものを起こさないよう力と精神を封じて眠らせ、体の成長を待つことにされたようです」

しかしこの手段は封印する側の負担が大きすぎるため、皇帝はいつもより頻繁に長い休眠をとらなければならなくなり、現在も回復のために眠りながら皇女の封印を維持している状況らしい。

けれどそれは悪いことばかりではなく、封印を通じて皇帝と皇女は見えない糸で結ばれているようなものなので、皇帝が目を覚ませばほぼ確実に皇女の位置を特定できる、はずなのだが。

今のところ皇帝が目を覚ます気配はなく、ムリに起こすこともできないので、この線から探すのは現状不可能。

「それなら、アデレイドの未来視とか、占いは？」

「申し訳ありません。居場所も未来も、占うたび、視るたびに違う場所や人やものを指すので、皇女殿下がどこにおいでなのか、はっきりとはわからないのです。今はおそらく、バスクトルヴ連邦のどこかに……。ですが、これだけは断言できます。皇女殿下は、ご無事です。おそらく春までは、確実に」

今は冬に入りかけの秋だから、まだ時間はありそうだ。

「断言できるってことは、何か理由があるんだよね？」

「はい。理由は守護者の存在です」

皇女殿下は黒き獣に守られている。

そう言って、アデレイドはしばらく前に『調和の女神』から授かったという、ひとつの予言を教えてくれた。

「黒き獣は神子に触れて己の根源を知り、束縛の鎖を断ち切るだろう。世界に愛されし神子はいまだ世界を知らず、獣の腕の中で眠る」

その予言を、あたしが聞いた情報も入れて解読すると。

オオカミの獣人『兇獣』は、『闇の神子』である第三皇女に触れて自分の内にある〝闇〟の力に目覚めた。そして『黒の塔』総帥にかけられた束縛の鎖、おそらく魔法の一種と思われる何かを断ち切り、皇女を連れて失踪。その後は一カ所にはとどまらず、あちこちを転々として帝国からも『黒の塔』からも姿を隠し、眠り続ける皇女をなぜかずっと守っている。……と、いう結果になった。

ずいぶん細かくわかるんだねー、と感心していると、この世界の行く末と深く関わる『闇の神子』を、『調和の女神』が特別に見守っているためだと思う、という返答。

おかげで皇女の身に起こりそうな未来がいくつも視えるので、アデレイドはどの未来視が現実になるのか判断できないことが多々あり、混乱気味らしい。

「まあ、とりあえず皇女は『兇獣』に守られてて、今のところ安全だってことがわかって良かった。サーレルも心配してたし。……でも、あれ？　アデレイド、前にイールに皇女を早く取り戻すようにって、言ってたよね？　もしかして『兇獣』のトコって、あんまり安全じゃないの？」

「今は大丈夫です。けれどいくつも視える未来の中に、彼らが二人だけで逃げ続けた場合、とくに最悪の状況になるものがあるのです。それが気がかりで……」

えらく深刻な顔で言うので、いちおうその未来視の内容を聞いてみたら。

おそらく春か、初夏の頃。

皇女が何者かに襲われて目を覚まし、自分の身を守ろうと本能的に精霊を呼ぶ歌をうたうだろう。

もちろん精霊はそれに応えるはずだが、同時に皇女の覚醒《かくせい》とその身に迫る危険を感じ取った皇帝が眠りから覚め、娘を助けに行く。

現在の皇帝は古竜《エンシェント・ドラゴン》なみに巨大で強いドラゴンの体に変身できるので（〝初源の火〟を持ってて成熟した竜人にだけ可能なこと）、皇女を襲ったもの達は逆に巨大なドラゴンに襲われる。

竜人はドラゴンに変身できるようになる、ってのは初めて聞いたけど、そんなことより問題なのは、皇帝がでっかいドラゴンの体でどこに現れるか、という点。

どうも皇女が襲われるのはイグゼクス王国かサーレルオード公国の街中の可能性が高いらしく、そこへ皇帝が出現して娘を守ろうとするのに、相手がどんな立場であれ「人間がケガを負うか、殺される」事態になると。

ヴァングレイ帝国の皇帝がいきなり人間の国を攻撃してきて被害者が出た、ということになり。

この世界ではじめての「竜人と獣人の国」対「人間の国」の戦争が起きるかもしれない、という。

あー……。

魔女先生。そりゃー確かに、最悪だ。

◆◆◆◆第七十四話「当面の予定と三大組織。」

『闇の神子』である第三皇女は、父皇帝から力と精神を封印されてお休み中。

今も眠っていると思われるが、帝国と『黒の塔』から逃げる『兇獣』に連れられて行方不明中なので、詳細はわからない。

とりあえず春までは安全らしいけど、いつまでも二人だけにしておくと戦争の火種が生まれる可能性があるので、できるだけ早く見つけないと危険。

アデレイドが語ったことを簡単にまとめると、これは今すぐどうこうできる問題ではないので、別の話題に移った。

「サーレルが聖域に魔物が侵入してるかも、って言ってたんだけど。天音《あまね》がこれから行こうとしてる、風の谷の様子はわかる？」

「はい。現在『光の湖』をのぞく四つの聖域には、すべて魔物が侵入しています。大精霊達はかろうじて聖域を維持しているようですが、このままではいずれ……」

大陸結界の支柱となっている四大精霊は、侵入してきた魔物に押されて負けそうになっているらしい。

そんなところに一人で行かされるとは、やっぱり「勇者」の立場は危険が多い。

天音さらって隠遁《いんとん》する、って選択肢も考えるべきかなー、と思いつつアデレイドに訊いた。

「ねぇ、アデレイド。この世界を救うのは『闇の神子』で、勇者じゃないよね？　天音が勇者やる意味って、あるのかな？　こんな危ないコトばっかあるんだったら、もう勇者なんて辞めちゃって、天音は表舞台から消えた方が安全じゃない？」

アデレイドはすこし考えてから、答えた。

「まだ数日ご一緒させていただいただけですが、アマネさまはただそこに在《あ》るだけで光輝く、太陽のような方だと感じました。イグゼクス王国のもの達はすでにアマネさまのお姿を深く記憶に刻み、待望の勇者として慕っているようで、人々の顔にはアマネさまがいらっしゃる前よりずっと活気があり、希望があります。ですからこの世界のもの達にとって、アマネさまが勇者であることにはおおきな意味があり、無意味などではないと思います。

今この状況で表舞台から消えるとなると、イグゼクス王国をはじめとする多くのもの達からの捜索の手を逃れるため、必然的に裏の世界へ潜らなければならなくなるでしょう。

そしてひとの本質というものは、隠しても隠しきれるものではありません。

本気で表舞台から姿を消すことをお望みになるのでしたら、わたくしは全力で協力いたしますが、力およばず危険にさらしてしまうこともあるでしょう。

その、もしもの時には。

リオさま、表舞台のものからも、裏のものからも逃れてアマネさまを連れ、慣れない世界で生きてゆく自信はおありですか？」

ある、なんて答えられるほど、夢見がちじゃないからなー。

むしろそんな自信なんて、ひとかけらも無いと断言するよ。

天音が何もしなくても目立つのは、誰よりもよく知ってるし。

でもなぁ……、と不機嫌にうなるあたしに、アデレイドが続けた。

「もしヴァングレイ帝国やバスクトルヴ連邦に保護を求めることを選択肢に入れておいででしたら、どうぞ長期的な視点をもってご考慮くださいますようお願いいたします」

「考慮？　それって、二代目勇者みたいに保護してもらうのはやめとけって意味？」

アデレイドが説明するところによると。

イグゼクス王国には、二代目勇者をヴァングレイ帝国に「誘拐された」という恨みがある（そもそも自分達が他の世界から勝手に人を連れてきた誘拐犯のくせに、まったくもっていい度胸だ）。

そしてヴァングレイ帝国にはイグゼクス王国に対して、何回言っても異世界人を誘拐するのをやめないことや、貴族がコッソリ獣人を奴隷にしていること等、他にもイロイロと怒りがたまっている。

そんなところに「三代目勇者もヴァングレイ帝国に亡命」なんてことが起きると、これもまた国家間の対立の火種になりかねないらしい。

ちなみにバスクトルヴ連邦はほぼ獣人の国であることからヴァングレイ帝国との関係が深く、連邦に亡命するのも帝国へ逃げるのと同じ結果を招く可能性が高いので、選択肢としてはどちらもさほど変わらない。

そして、サーレルオード公国に亡命するのは無意味。

最初から勇者になるのを受け入れていた初代勇者を始祖とする人間の国なので、天音はイヤだと言っても勇者としての役割を求められることになる。

「逃げようにも行き先がない、かー……」

自分が悪いわけでもないのに「申し訳ありません」と悲しげな顔で謝り、アデレイドは天音が勇者を続けることには利点もある、となぐさめてくれた。

「風の大精霊と契約することができれば、アマネさまはおおきな力を得られます。彼らはアマネさまの身を守る、心強い味方になってくれるでしょう。それに、アマネさまが勇者としての立場を受け入れているかぎり、生活に困ることはまずありませんし、行く先々でも多くのもの達に敬意をもって迎えられます。新聞で行く先を報じられながら、イグゼクス王国の紋章付きの馬車で移動なさっておいでですので、盗賊などから襲われることもほとんどないでしょう。街中でもそういった不届きものは、陰から見守るもの達がアマネさまが気づかれる前に片づけます」

「陰から見守るもの達？」

「常時ではありませんが、イグゼクス王国の王族に陰から仕えるもの達をはじめ、各国の密偵《みってい》がアマネさまをひそかに見守っております」

はー。注目されてんだねー。

と、のん気に感心していたら、あたしのことも「勇者の義姉《あね》」として一部にはもう知られている
だろう、と言われて驚いた。

基本、そういう情報を掴んでいるのは、うかつに動けない国や巨大組織の上層部なので、あんまり気にしなくていいみたいだけど。この世界、意外と高性能な情報網があったり、気配を隠すのが上手な密偵さん方がいたりするらしい。

あたしは天音と比べたらまったく目立たない平凡な顔だけど、レグルーザと動く時はできるだけ仮面かぶって隠しといた方がいいんだな、と理解した。あんまりヘンな方面に顔を売りたくはない。

で、話を戻すと。

今の時点では、さらって逃げるよりも、勇者の立場に置いとく方が安全か？

風の大精霊と契約するってのは、天音にとってプラスになるだろうし。

となると、あたしは天音より先に風の谷へ行って、侵入した魔物をツブしとかないといけないわけか。

ああ面倒くさい、とは思うが、もし大精霊が負けて大陸結界に穴でもあいたら、本格的な魔物の侵攻に巻き込まれてもっと厄介な事態になるかもしれないから、放置してもおけないし。

あたしが聖域に入れるかどうかは考えてもわからんので、当たって砕《くだ》けろの精神でとりあえず行

ってくるか、と決めた。

そうして、やるべきことを一つ決めると、当面の予定を立てた。

あたしは明日、レグルーザに頼んでドラゴンで飛んでもらい、風の谷へ行って入れるかどうか試し、可能なら魔物を片づけてくる。

アデレイドは天音に同行してサポートしながら、引き続き未来視と占いで『闇の神子』の居場所を探る。

確認を終えると、あたしは最後にひとつ訊ねた。

「天音とレグルーザとイールに、あたしの素性とかこの世界のこととか話すのって、どう思う？」

「そうですね……。もしリオさまが話されたら、みなさん、今後の考え方や行動におおきな影響を受けるでしょう」

「それって良いこと？　悪いこと？」

「どちらとも言いきれません。物事にはさまざまな面がありますから」

アデレイドは『星読みの魔女』としていろんなひととの約束があるので、彼らの許しなく自分からすべてを語ることはできない。

けれど、あたしにはそういった制約はないし、話そうかどうしようか迷う相手が、三人とも信用に足るひと達だというので。

「どうぞ、リオさまのお望みのままに」

と、言われてしまった。

話していいかどうか、自分ひとりでは判断できなかったから相談したんだけど。

まあ、アデレイドには彼らに話すことを反対する理由はない、と覚えておけばいいか。

でも、レグルーザとイールはともかく、天音にはとても話しにくいというか。「あたしが死なないと元の世界へ帰れない」って教えたら「じゃあ帰らなくていい！」とか言って、後で誰にも見られないところに行ってひっそり泣きそうな気がするし。

ああ……

決心はつかず、ため息もつきない。

あたしはしばらく考え、天音に話すことについて、とりあえず今は保留にしとこう、と決めた。

他に帰る方法はないか、探して考えて試したりしてから、その結果をふまえてまた考えてみよう。

ただ、レグルーザとイールには、様子を見ながら話すチャンスがあったらすべて話す、という方向でいく。

それでレグルーザには、あたしは〝闇〟の力をあんまり派手に使いすぎると体が耐えきれなくって壊れる、というか死んでしまって、代わりに「魔王」が復活するらしい、って話をして。今後あたしと旅をすることの危険を改めて認識してもらい、その上で同行してくれるのなら、正式に何らかの報酬を設定して助言者《アドバイザー》になってもらうことを依頼したいがどうか、という提案をしてみる。

それからイールには、アデレイドが視た最悪の未来についても話し、現在起きていることと、これから起きる可能性のあることをできるだけ知ってもらう。過去に何が起きていたのかがわかれば、彼はあたしより正確に詳細に、現状を理解してくれるだろう。

今のところあたしとイールに対立点はないし、彼はヴァングレイ帝国でそれなりの地位と権力を持っているようなので、そういった話をした後は、できれば腹を割って話せる協力者になってもらいたい、というのが希望だ。

昼食などの休憩をはさみながらかなり長く話し込んでいたので、そうして考えを定める頃には、もう夕方になっていた。

三代目勇者と『星読みの魔女』の一行は、近くに川の流れるひらけた場所を探して馬車を止め、野営の準備を始める。

そろそろレグルーザを迎えに行く時間だけど、王都の天気はどうなってるのかな、とやや心配しつつ準備を手伝っていたら、ブラッドレーに呼ばれた。

総長から連絡が来て、レグルーザと一緒にあたしを夕食に招待してくれるというのだ。

館にいるのは総長と側近だけだから、魔女の仮装なしで気軽に来てくれて大丈夫、とのこと。

おお、ごはんのお誘い。

総長と一緒に食べるんなら、きっと美味《おい》しいものが出るはず。

あたしが「いただきに行きます」と即答すると、ひょっこり現れた天音が「ブラッドレーさん、わたしも行きたいです」と希望した。

ブラッドレーは総長と相談してみましょうと応じ、連絡をとるためにひとり離れる。

直後、ドドドッと集まってきた天音の従者達。

「アマネさま、おひとりで行かれるつもりですか⁉」

「ぼくも一緒にいく！」

「姉君が同行なされるとしても、アマネさまにはせめて従者を一人でもお連れいただかなければ……」

天音のそばにいたい第一騎士とネコの獣人少年が騒ぎ、青年神官がやんわりと言う。

そうして彼らが「天音が行くなら自分も行く」と主張する隣で、アースレイ王子はひとり、「天音が会うことを望むのなら傭兵ギルドの総長をこちらへ連れて来れば良い」と主張。

無言の少年魔法使いとメイドくんはといえば、「自分は同行して当然」という顔で天音のそばに来て待機する。

ただ第二騎士のヴィンセントだけがとくには動かず、馬車から野営に必要な荷物をおろしながら彼らの様子を見ていた。

そして騒ぎの中心にいる天音はといえば、騒ぐ従者達に囲まれてその勢いにすこし驚いたようだったけど、さほど気にせず彼らをなだめにかかった。

「ごめんね、みんな。わたしは飛び入り参加だから、みんなを連れては行けないと思うの。でも、お姉ちゃんがいるし、行くのは傭兵ギルドの総長さんのところだから。何も危ないことなんてないよ」

そう言うと、ちょっと困ったように微笑んで、お姉ちゃんと一緒に行かせてほしいと「お願い」。聞きわけの良い優等生な天音は、こういうことはめったにしないので、たまにやるとその威力は絶大だ。

美少女の「ね？　お願い」という甘い声に次々と陥落させられていく従者達を眺めながら、あたしは傍観している第二騎士のところへ行って気になったことを訊ねた。

「ねぇ、ヴィンセント。王子は傭兵ギルドの総長を、自分達の都合で簡単に動かしていい相手だと思ってるみたいだね？」

「イグゼクス王国の貴族は傭兵ギルドを〝国王陛下に仕える商家のひとつ〟として扱いたがる上、ギルドの方も昔からそれを助長するような態度をとっているからな。貴族達にそうした意識を刷《す》り込まれている王族は、殿下お一人ではない。実際には、国王陛下がそのように傭兵ギルドを扱うことなどないのだが」

「んー？　傭兵ギルドって、そもそもそんな扱いのできる相手じゃないよね？」

「ああ。大陸全土に支部を持つ、世界最大の組織だ。その総長ともなれば、一国の主たる陛下とて、それなりの配慮をもって接しなければならない」

「それじゃ王子のさっきの言葉、次期国王としては失言？」

そうなるな、と苦笑ぎみにうなずくヴィンセントだが、自分がそれについて王子に教えよう、という気はないらしい。

プライドの高い王族は、中流貴族出身の騎士などより、社交界や式典で言葉を交わす高位の貴族達の言葉を信じるのが当たり前だから、ヴィンセントが何を言っても今の王子の頭には入らないだろう、とのこと。

しかし、だからといって王子を見捨てているわけではなく、天音と一緒に旅をするのは、城中とはまったく違う世界があることを知る良い機会になるので、王子にはぜひとも実地で多くのことを学んでほしい、と思って見守っているのだそうだ。

どうも国王も、そのへんも考えて同行許可を出したらしい。

なるほど。王子にとって、これは社会見学の旅になるのか。

王子本人は天音に夢中で、周りのことなんかあんまり見てない気がするけど。

まあ、とくべつ興味もなかったので、今のところ「成長」の「せ」の字もなさそうな王子から話題を変え、傭兵ギルドの名が出たついでに同じくらい大きい組織っぽい『魔法協会』のことについて聞いてみた。

ヴィンセントは野営の準備をしながら、簡単にまとめて教えてくれた。

魔法協会も南大陸全土を網羅《もうら》する巨大組織だが、生まれつきの素質がないとなれない魔法使いは数が少ないので、支部の数は傭兵ギルドより少ない。大陸の南部では魔法使いが多く所属し、北部では精霊使いが多く所属している。本部はサーレルオード公国の首都にある、初代大公が創設した

『魔法院』で、トップはそこの院長。

何千年か前に魔法院はサーレルオード公国の所有ではなくなっており、それにともなって魔法院も魔法協会も、現在はほぼ完全に独立した組織として運営されている。

ふむふむとうなずき、他にも何か大きいのある？　と訊ねると、もうひとつ、『クロニクル社』という名前が出た。

クロニクル社は新聞を発行しているところで、販売しているのは各国の首都といくつかの主要都市だけだけど、四大国のすべてにあるという点から見れば規模は大きい。

「イグゼクス・クロニクル」や「サーレルオード・クロニクル」など、国名と社名をくっつけた新聞を各国で販売し、天音が召喚された時には世界中で「イグゼクス王国が美しき女勇者を召喚！」という号外を出したのだそうだ。

おー。

我が家の天音が新聞の号外記事になっていたとは、知らんかった。

あたしは共通語が読めないからまったく興味なかったけど、その号外は欲しい気がするな。

そんなことを考えながらヴィンセントと話していると、ブラッドレーが戻ってきて、総長から「歓迎いたします」という返事がきたと教えてくれた。

美味《おい》しいものが食べられる上に、天音の人脈が広がりそうで良い感じだ。

あたしは反対していた従者達全員から「お願い」で許可を勝ち取った天音を連れ、「それじゃ、行ってきまーす」と王都へ移動した。

「〈空間転移《テレポート》〉」

◆◆◆◆第七十五話「幻月の杖。」

イグゼクス王国の王都、傭兵ギルド所有の館の玄関広間《エントランス》へ移動。

初めての〈空間転移《テレポート》〉に瞳をきらきら輝かせて「お姉ちゃん、すごいね!」と感心してくれる天音《あまね》とともに、傭兵ギルド総長の側近だという若い女性に出迎えられた。

彼女はあたし達の顔を知っていたらしく、すぐに「どうぞこちらへ」と案内してくれる。

あたしは天音と一緒に案内された部屋へ入ると、思わずため息をついた。

王都、いまだ雨降りやまず。

広い部屋の中央に置かれた大きな木製のテーブルの上、美味《おい》しそうな料理が並べられたすぐそばに紫紺の美女が寝そべり、酒杯を手に微笑んでいるのは退廃的な絵画のようだ。

ひとりその席についているレグルーザは、テーブルの上の美女に見向きもせず、新聞をひろげて読みふけっているが。

部屋まで案内してくれた女性が総長を呼んできますと言って出ていくと、人の姿をした雷の上位精霊エイダは、テーブルに寝そべったままあたし達を見て言った。

《娘や。また、愛らしいものを連れてきたのう》

妖艶な流し目を受けてびくっとした天音の手を引き、レグルーザの座っているところへ移動しながら答える。

「この子はあたしの妹。ヘンなことしたら怒るからね」

《おや、こわいことを言う。そう警戒せずとも、手など出さぬよ。そなたがわらわと戯《たわむ》れる悦《よろこ》びへ、素直に心開くなら》

「エイダ。その冗談おもしろくない」

天音をレグルーザの隣に座らせながら言ったところで、総長が来た。

傭兵ギルド総長クローゼル氏は、いかつい顔に鋭い目つきが印象的な、がっちりした体格のおじーさんだ。

招待してもらったお礼を言って天音を紹介し、天音と総長があいさつをすると、すでに用意されていた食事をいただいた。

ちなみにエイダは相変わらずテーブルの上で寝そべっているのだが、誰も引きずり下ろしそうにないのでそのまんま。

人の姿になっていても精霊は精霊だから、やっぱりどこか気配が淡くて浮き世離れしているところがあり、非常識なことをしていてもさほど気にならないのかもしれない。

へたに手を出すと絡まれそうだし、とりあえずあたしは何も言わないことにした。

あたしと天音は総長から旅の調子はどうかと訊かれるのに答えたり、料理を食べながら「これおいしー」とか「こっちもいいよ」とか、わいわい騒ぎ。

エイダは時々話に口をはさみながら酒杯をかたむけ、レグルーザはずっと新聞を読みながら片手間に食事をしていた。

そうして食事を終えると、食後のお茶とお菓子と一緒に、布で包まれた細長い物が運ばれてきた。

「レグルーザから渡してもらおうと思っていたのだが、彼が自分で渡せと言うので招待させてもらったのだよ。『銀の魔女』リオどの。これは『幻月《げんげつ》の杖』という、魔法使いの杖。先の『茨姫』討伐の報酬として、受け取ってほしい」

『銀の魔女』と呼ばれるのにげんなりして、あたしはけっこー真剣に「お願いですからソレ言わないでください」と頼んだが。

総長は二つ名は本名を隠すのに便利だから活用した方がいいぞと笑って流し、布で包まれた杖を渡してくる。

強引だなと思ったけど、いかつい顔に愛嬌《あいきょう》のある笑みを浮かべた総長の勢いに押され、あたしは杖を受け取った。

『茨姫』は一時的に行動不能になっただけみたいだし、あたしの独力じゃないのに貰《もら》っちゃっていいのかな、という迷いはあったものの、どんな杖なんだろう、という好奇心から布を取る。

魔力の流れを遮断する効果があるらしいその布で包まれていたのは、虹色に煌《きら》めく三日月型の白金結晶を戴《いただ》き、その周りにあるいくつもの銀環がシャラシャラと涼やかな音色を響かせる、美しい銀色の杖だった。

総長の説明によると、柄はミスリル銀で、虹色に煌めく三日月型の白金結晶は月の精霊を宿した月光晶《ムーンライト・クリスタル》。その周りにあるいくつもの環もミスリル銀製で、環の一つ一つに様々な属性の力を込めた魔石がはめこまれた物だそうだ。

ほほー、と美術品を眺める気分で解説を聞いていると、新聞から顔をあげてレグルーザが言った。

「エイダ。あれは本物か？」

《おお、懐かしき我が姉上じゃ。……おや、目を覚まされるな》

相変わらずテーブルの上で酒杯をかたむけるエイダが、目を細めて答える。

わけがわからず、いったい何の話をしているのか訊こうとしたところで、手の中からふっと杖が消えた。うっかり落としたのかと慌てて下を見るが、何も……、うん？

何もないはずの場所に綺麗《きれい》な形をした白い足を見て、すさまじくイヤな予感がするのにギギギ、と顔をあげると。

《夜へ属せし良き魂である》

いきなり現れた白金に輝く細身の美女が、あたしを見おろして「うむ」と満足げにうなずいた。

澄みわたる水を思わせる、清らかな美貌の女性だ。ほっそりとした手首や足首、首元などにいくつものミスリル銀の環（魔石付き）がはまっており、動くとシャラシャラと涼やかな音色が響く。

あきらかに人間ではない白金の彼女は、何を思ったかエイダの方へ歩いていくと、雷の上位精霊が持っていた酒杯をすいっと取り上げた。そして、なんとも優美な仕草で杯を傾ける。

《姉上。それはわらわの杯じゃ》

酒杯を奪われたエイダは苦笑して言ったけど、取り返そうとはせず、「うむ」とうなずく白金の美女が空になった杯を差し出すのに、酒をついでやっている。

その様子をしばらく眺めてから、あたしはレグルーザに訊ねた。

「エイダの姉上って、伝説の鍛冶師とかいうヒトの作品ってこと？」

ため息をつくような口調で、低い声が答えた。

「ああ。前に話した『失われし頁《ロスト・ページ》』のひとつだ。『形なき牙《きば》』と『幻月の杖』、そして『鋼《はがね》の羽《は》衣《ごろも》』。この調子だと鋼の羽衣に遭遇する日も近いかもしれんな」

失われし頁とは、伝説の鍛冶師ライザーが自分の作品目録から削除した三つの武具を指す言葉だ。ライザー作の他の武具がきわめて優れていたことから、世の中にはいまだにその三つを血眼で探し求める人達がいるという。

だからここにある二つの武具、形なき牙と幻月の杖をその人達が見たら顔色を変えるんだろうけれど、個人的には「できればこの出会いは遠慮したかった」と思う。

伝説の鍛冶師ライザーがなぜその三つを作品目録から破り捨てたのかは知らないが、レグルーザ

の槍であるエイダに襲われた経験から考えれば、彼女と同類である幻月の杖もきっと何か厄介なシロモノであるに違いない。

そんな物の所有者にされたら、きっといいように振り回されるだろう。

というわけで、総長。

「お気持ちだけいただいときます」

丁重にお断りしたのだが、総長はなぜか引いてくれず、あたしに幻月の杖を受け取らせようとしてきた。

宿る精霊の性格はともかく、伝説の武器なら貴重な物のはず。

どうしてそんなものを、いきなり出てきた「三代目勇者の義姉」なんかに与えようとするんだ？

と、考えたところで、今朝のアデレイドの予言を思い出した。

確か「『神槍』、杖は受け取ってください。無垢なる『鍵《キィ》』に悪意はない」と言っていた。

たぶんその杖というのは、最初レグルーザが受け取る予定だった幻月の杖のことで、杖をあたしに与えようとしているのは『鍵《キィ》』。

『鍵《キィ》』の意志によって傭兵ギルドの総長が動いているということは、つまり『鍵《キィ》』が傭兵ギルドの関係者で、しかも相当な地位にいる存在だと考えられる。

今、幻月の杖を受け取っておけば、そんな『鍵《キィ》』と接触を持つチャンスにつながるだろうか？

ちょっと考えて、総長に訊いてみた。

「総長さん、『鍵《キイ》』はあたし達の味方ですか？」

一瞬目に浮かんだ驚きをすっと消して、総長は「それはなんだね？」と返してきた。

説明してくれる気はなさそうだったので、知っていることを話す。

「『星読みの魔女』の予言です。『鍵《キイ》』に悪意はないから、杖は受け取れと。でも、悪意がない、だけでは何とも判断できません」

悪意がなくても、意見が対立すれば敵になることもあるだろうし。

考えながら答えを待っていると、総長が言った。

「傭兵ギルドに、君達と敵対する理由はない」

うーん。求める言葉とはちょっと違うけど、こんなところか。

わかりました、とうなずいて応じた。

「では幻月の杖、お言葉に甘えて受け取らせていただきます。まあ、あたしに扱いきれるものだとは思ってないんで、ダメだと判断したらその時点で取り上げてくださいね。

……で、これが失われし頁《ロスト・ページ》になった理由は？」

訊ねると、白金の美女の姿になった月の精霊の杯へ酒をついでやりながら、エイダが教えてくれた。

《姉上は男がお嫌いでのう。子どもか女としか契約せぬ。しかも主となった者に男が刃を向けると、激怒して悪夢の中へ閉じこめるので、ライザーも手を焼いておったな》

同時期に作られたという形なき牙《エイダ》の言葉に、微笑みを浮かべた幻月の杖が言った。

《手向かいできぬ女子どもを虐《しいた》げる男など、悪夢の底で千回死ぬがよい》

ためらいなく言葉通りにヤっちゃいそうな口調に、ぞわっときた。

夢の中で千回も殺されるなんて、強烈な精神的ダメージを負いそうな攻撃だな。

むしろ単純な攻撃魔法よりタチが悪いんじゃないかと……、思って、だから失われし頁《ロスト・ページ》になったわけか、と理解した。

コレを制御する自信はないけど、まあ、なるようになるだろう。

《わらわは男も女も、それぞれに可愛いと思うが。姉上は頑固よのう》

のんびり笑うエイダの、大人なんだか無節操なだけなのかわからない発言を聞きながら、ふと、女性と子どもを守ってくれるんなら、天音と契約してもらった方がいいなと思いついた。

そこで「天音が幻月の杖の所有者になるのは？」と聞いてみたら、天音は光属性なので相性が悪くて契約できない、とのこと。

そういや真昼の月って存在感弱い、と思って納得したので、あきらめて契約に必要な精霊の名前を考える。

今回は「月の精霊」と聞いて思いついた名前があったので、決定は早かった。

「ルナでいい？」

《うむ》

月の精霊は名前の由来にこだわらない性格らしく、契約は一言で完了した。

武器に宿る精霊との契約は、使い魔との契約と違い、精霊が主を認めることで結ばれるものなので、主となった人には何の変化も起こらない。

後は「これからよろしく」という簡単なあいさつで、これも「うむ」とうなずかれておしまい。

天音は「え？　今ので終わり？」と首をかしげたが、それ以上することもなかったので「うん、終わりかな」と答え、食後のお茶とお菓子をいただいた。

なんとも予想外な杖を手に入れることになったが、これでやることは終わっただろう。

お茶を飲んでくつろぎつつ、そろそろ帰るかと思っていたら、天音が総長に声をかけた。

「総長さん、ちょっとお聞きしてもいいですか？」

どうぞ、とにこやかに応じる総長に、小首をかしげて訊ねる。

「傭兵ギルドは二代目の勇者さんか、彼の関係者が作った組織ですよね？」

……え？　そーなの？

◆◆◆◆第七十六話「天音の疑問。」

「ふむ。なぜそう思ったのかね？」

食後のお茶をいただきながら突然質問した天音《あまね》に、総長は穏やかな声で訊ねた。

天音はちょうど良い機会なのでこの世界について不思議に思ったことを話したいと応じ、すこし長くなりますが、と断って説明を始めた。

「お話の前にまずひとつ確認を。わたしも姉も、この世界の言葉を知りません。それでも問題なく今こうして会話ができているのは、神官の方々によると、わたし達が世界を渡る時に受けた『光の女神』さまからの祝福のおかげだそうです。つまり、わたし達はこの世界の言葉を習得しているのではなく、みなさんが話す言葉を頭の中で自動的に故郷の言葉に翻訳《ほんやく》されて、それを理解することで会話をしているようなのです。総長さんもお気づきかと思いますが、このことでわたし達が話をする時、お互いに口の動きが名前以外合わない、という状態になっています」

総長が頷《うなず》いて先をうながすと、天音は本題に入った。

「最近、この世界の話を聞くなかで、気になるものが二つ出てきました。一つは、〝傭兵〟とクロニクル社の〝クロニクル〟という、言葉。もう一つは、傭兵ギルドと魔法協会という、組織についてです」

まず「傭兵」について。

天音はその言葉を「お金で雇われて自分には関係のない戦争に参加する兵士」という意味で理解していたので、過去に戦争の起きたことがない世界でそんな言葉が出てくるのはおかしいのでは？と疑問に思った。

自動翻訳するにしても、「冒険者」や「旅の戦士」など、他にいくらでも変換しようがあっただろうに、どうしてわざわざ「傭兵」にしたのだろう？

そうして不思議に思っていた時、天音は仲間達との会話の中でふと気づいた。

「みんな〝傭兵〟って、日本語で発音してるんです。すごく驚きました」

唇の動きを読んで言葉を知る、読唇術《どくしんじゅつ》というヤツで気づいたらしい。

そして、考えた。

日本語の「傭兵」という言葉がこの世界に自然発生するわけがないから、たぶん自分達と同じように日本からこちらの世界へ来た人がいて、その人が「傭兵」という言葉を「冒険者」のような意味で使い、それが広まって残ったのだろう。

世界を渡る術は魔法の中でもかなり特殊だから、これまでに勇者として召喚された以外で異世界の人間がここへ来た可能性は低い。

となると、「傭兵」という言葉を広めたのはおそらく一代目か二代目の勇者。

そうして天音は、黒い髪と目をしていたという二代目勇者「テンマ・サイトウ」が日本人で（名前も同郷っぽいし）、傭兵ギルドの創設に関わったのではないか、と考えるようになった。

すごいな、天音。二代目勇者の故郷について、あたしが話すまでもなく、思いがけないところから自力でたどり着いてしまった。

内心「おー」と驚きながら、天音と総長の話の続きを聞いた。

「クロニクル社については、何が不思議なのかね？」

傭兵という言葉への疑問には答えず、総長が訊く。

素直な天音は質問に応じて説明した。

「〝クロニクル〟という言葉も、わたし達の世界にあった言葉なんです」

これもまた傭兵と同じく、こちらの人々はそのまま「クロニクル」と発音している。

ちなみにクロニクルという言葉の意味は、年代記や歴史。

それで「傭兵」の時と同じように、こちらも二代目勇者テンマくんが名付けたか、その創設に関わったんじゃないかな？　と天音は考えている。

バスクトルヴ連邦の基礎を造った人物だという話だし、そのへんの組織の一つや二つ、創設に関わっていても何もおかしくはないだろう。

アデレイドの予言に出てきた『歴史書《レコード》』はクロニクル社の関係者か？　と思いつつ聞いていると、総長がまた先をうながした。

「傭兵ギルドと魔法協会については？」

「その二つの組織の技術レベルが、イグゼクス王国の生活レベルと異常に違うのが不思議です」

大陸全土を網羅する巨大規模の組織は、作るにも維持するにも高い技術力が必要になるはず。

たとえばブラッドレーが「秘密」だと言った遠距離通信に関する技術なども、各地の支部が本部と連絡が取れないのでは一つの組織として機能することが難しいだろうから、ある程度の性能を持った道具が開発されていなければおかしい。

秘密にされているので具体的なところはわからないが、たぶん電話やインターネットみたいな連絡回線がすでに構築されているのではないか。

それなのに、イグゼクス王国の人々の生活レベルは、魔法があるおかげでだいぶ便利だとはいえ、だいたいファンタジーな物語の中によく出てくる中世ヨーロッパ風。

これってヘンですよね？　と天音は首をかしげる。

きちんと整理して説明されるのに、ほほー、とうなずいた。

この世界、たとえて言うなら「江戸時代にインターネット使って全国展開してる店があります」的な違和感のある状況なのか。

天音は二つ目の質問をした。

「傭兵ギルドと魔法協会は、イグゼクス王国へ技術提供をする気はないようですね？」

総長は初めて質問に答えた。

「我々の利用している魔道具は、『魔法研究所《ウィザーズ・ラボ》』が開発した物であることが多い。つまり、魔道具に利用されている技術は魔法研究所のもので、我々が勝手に人々へ提供できるようなものではないのだよ」

「傭兵ギルドから技術を提供することが禁じられているのではなく？」

「うむ。そもそも傭兵ギルドに提供できるほどの技術力がない、ということだ。魔法学校で教えられているような基礎分野は共有財産として開かれているが、専門的な知識と個人の発想によって開発された魔法は個人の資産とされている。そして、よほどの事がないかぎり、魔法使い達は個人資産である魔法の知識を公開したりはしない。

我々は公開されていない知識から作り出された魔道具を借り、使わせてもらってはいるが、魔道具の所有者ではなく、その仕組みなどの技術的なところも知らんのだよ」

テレビとかパソコンとか、使えるけど詳しい仕組みは知りません、みたいなものか。

天音は質問を変えた。

「魔法研究所《ウィザーズ・ラボ》がイグゼクス王国にその道具を貸したことはありますか？」

「おそらく一度も無いだろう」

「一度も？　そう断言できるということは、何か理由があるんですよね？」

総長はにやりと笑みを浮かべて答えた。

「理由は魔法研究所《ウィザーズ・ラボ》の創設者たる、二代目勇者どののご命令だ」

魔法研究所《ウィザーズ・ラボ》の創設者が二代目勇者？

きょとんとしている天音に、総長は簡単に説明した。

二代目勇者は空船《スカイ・シップ》『パンドラ』を造った後、その開発のために集まってくれた大勢の人達をまとめ、現在のバスクトルヴ連邦となっている地に魔法研究所《ウィザーズ・ラボ》という組織を立ち上げた。

そして、彼らに一つの命令を残す。

「人間はろくなことしないから便利な道具なんか貸すな」と。

自身も人間だったが、人間の国の王が下した命令によって召喚され、黒髪黒目だったことで「こいつは違う」と殺されそうになったりして、いささか人間不信に陥《おちい》っていたらしい。

彼の仲間には人間もいたので、どうやらすべての人間を嫌っていたわけではないらしいが、魔法研究所《ウィザーズ・ラボ》は創設者の命令を守り、イグゼクス王国とサーレルオード公国に対してはどんな交渉にも応じないという。

とはいえ、技術開発に必要な資金を得るために魔道具の貸し出しをしているので、傭兵ギルドや魔法協会、クロニクル社のほか、いくつかの組織との取り引きによって王国や公国の国内にも魔法研究所《ウィザーズ・ラボ》の魔道具が持ち込まれており、人間も多少はその恩恵を受けているようだが。

レンタル料や壊した場合の賠償金《ばいしょうきん》が高額なため、取り引き先はある程度の資金力があるところに限られていて、魔法研究所《ウィザーズ・ラボ》の魔道具を使っている組織自体が少ないので、その恩恵も微々たるものなのだそうだ。

うーん。

サーレルの話を聞いてる時には思いつかなかったけど、そういえばテンマくん、わりと人格歪みそうな体験してるよな。

迷惑料っていうか、勇者の役目をまっとうした報酬に超能力もらってるらしいし、あたし達と同時代の日本でどんな大人になったんだろう？

知りたいけど知りたくないような、と思いつつ、ふと疑問が浮かんだので総長に訊いた。

「魔法研究所《ウィザーズ・ラボ》は魔法協会とは別の組織なんですか？」

「一応、魔法研究所《ウィザーズ・ラボ》は魔法協会の傘下にある組織ということになっているがね」

大陸の中で最も優れた技術力を持つ魔法研究所《ウィザーズ・ラボ》は、発言力が強い。

というか、そもそも彼らの開発した通信技術が無ければ全世界規模の組織である魔法協会が作られることもなかったので、本部の魔法院も、魔法研究所《ウィザーズ・ラボ》に対しては慎重に接しているそうで。

つまり、大規模な組織の大元は、魔法研究所《ウィザーズ・ラボ》の開発した魔道具。

「じゃあ、傭兵ギルドも魔法研究所《ウィザーズ・ラボ》より後にできた組織？」

「彼らの技術力なくして、傭兵ギルドはありえんよ」

「ということは、やっぱり傭兵ギルドとクロニクル社の始まりも、二代目勇者が関わってる？」

総長は笑顔で応じた。

……なんでそこだけ沈黙かな？

いまいち理由がわからず、新聞から顔をあげて話を聞いていたレグルーザに「知ってる？」と目線で問いかけると、「知らん」と彼も目で返してきた。

現役傭兵のレグルーザも知らないとなると、隠されてるのか？

天音はじっと総長を見つめて、訊ねた。

「わたし達が知るべき事ではない、というご判断ですか？」

「いやはや。賢いお嬢さん達だ」

総長は楽しそうに言いながら顎をなで、ふぅむ、とすこし考えてから答えた。

「君達の質問の答えは東の地にある。望むなら、行ってその目で見るといい。世界にあるのは美しい話ばかりではないが、己の力で手に入れたものは、何であれ君達を形作る糧《かて》となるだろう」

天音があたしの方を見て「どう思う？」と視線で問いかけてきたので、今日はここまでにしておいたほうがいい、とうなずいて応じた。

名前も知らなかった魔法研究所《ウィザーズ・ラボ》については聞けたし、あまり急いで隠されたことをつついても、良い結果が出るとは思えない。

今日は天音と総長の顔合わせだけのつもりだったし。

疑問がほとんど何も解決せず、ちょっと不満そうだったけど、天音はひとつ息をついて意識を切り替えると、総長に礼を言った。

「いろいろと教えてくださって、ありがとうございました」

こちらこそ楽しい時間を過ごさせてもらった、と総長が笑顔で答え、食事会はなごやかに終わった。

天音は押しの強い総長の勢いに負けて受けとるつもりのなかったおみやげの包みを持たされ、あたしとレグルーザは高い酒をひたすらに飲みまくっていた精霊達を回収。

レグルーザは短剣となった形なき牙《エイダ》を革製の鞘《さや》へおさめ、あたしは幻月《ルナ》の杖が三日月型のイヤリングの形になれるというので、変化してもらったそれを右耳にはめた。

杖に戻したい時は「杖になって」という意思を持ってイヤリングに触れれば良いそうで、持ち運びに便利だねーと感心した。

そうして「また会う時を楽しみにしておるよ」という総長に見送られ、呪文を唱える。

「〈空間転移《テレポート》〉」

野営地へ戻ると従者達がすぐに気づき、すごい早さで天音を取り囲んでさらっていった。

あたしはジャックが散歩に行きたいというので姿隠しの魔法をかけて送り出し、レグルーザと一緒に『星読みの魔女』達が囲む焚き火の方へ移動する。

「ただいまー」と声をかけるのに「ご苦労さまでした」と迎えられ、しばらく何を食べてきたかの話をしてから、アデレイドに訊いた。

「そういえば、アデレイド。今朝の予言にあった『鍵《キィ》』と『歴史書《レコード》』。『鍵《キィ》』は傭兵ギルドの関係者で、『歴史書《レコード》』はクロニクル社の関係者？」

『星読みの魔女』は「申し訳ありませんがお答えできません」という返事で、やっぱり隠されてるのか、とうなずいた。

二代目勇者としばらく一緒にいたサーレルに聞いたら、何かわかるかな？　と考えていると、レグルーザに訊かれた。

「お前もアマネのように、〝傭兵〟という言葉をおかしいと思っていたのか？」

「いやー、まったく思ってなかったよ。というか、言われなかったら一生気づかなかっただろうという自信がある」

「そんなところに自信を持ってどうする」

レグルーザは苦笑したが、あたしは「魔王」がいて「勇者」が召喚される世界に傭兵ギルドや魔法協会があると聞いて、「どこまでもゲーム的なファンタジーだな」と思っただけの人だ。

天音と同レベルの疑問を持て、というのは能力的にもやる気の面でもムリだよ。

まあ、あたしが気づかないところは天音が気づいてくれるんだから、それでいいじゃないか。

お前ももっと頭を使え、という話になりそうだったので笑ってごまかし、話題を変えた。

「レグルーザ、明日からのことなんだけど。先の様子を見に行きたいから、ホワイト・ドラゴンで飛んでもらってもいい？」

「かまわない」という返答だったので、「それじゃあ、よろしくね」とお願いする。

アデレイドは引き続き天音と一緒にいてくれるそうなので、こちらにもよろしく頼みますとお願いして、話を終えた。


散歩から帰ってきたジャックの毛並みにブラシをかけて〝闇〟の中へ戻るのを見送ってから、昨日と同じように天音と一緒に馬車で休む。

「総長さんなら知ってるかなと思って訊いたのに、かえって疑問が増えちゃった」

馬車の中で毛布に包まって落ち着くと、天音が気難しげな顔をして言った。

「ねぇ、お姉ちゃん。二代目の勇者さんはどうして魔法研究所《ウィザーズ・ラボ》なんて作ったのかな？　必要だったのは空船《スカイ・シップ》パンドラでしょう？　それを造ろうとして組織ができたのならわかるけど、総長さんの話では魔法研究所《ウィザーズ・ラボ》が創設されたのはパンドラができた後。二代目の勇者さんは他にも何かを作ろうとしてたってことかな？　それともパンドラを造るのに協力してくれた人達のために、組織を立ち上げたとか？」

「テンマくんが何を考えて魔法研究所《ウィザーズ・ラボ》を作ったのか、そんなに気になる？」

「魔法研究所《ウィザーズ・ラボ》がしてるのは魔道具の開発と貸し出しだけじゃない気がして、なんとなく落ち着かないの。むやみに疑ったりするのは良くないって、わかってるんだけど。この世界の技術とか生活レベルが、どこかで管理されてるような違和感が消えなくて」

「おー。陰謀説だね。魔法研究所《ウィザーズ・ラボ》の裏の顔は世界の技術管理局です、みたいな？」

天音にしては珍しい発想だけど、なかなかおもしろいねそれ、と笑って言うと、わたしは真剣に話してるんだよ、と怒られた。

いや、こんなトコでおねーちゃん相手に話しても真相なんてわかるわけないし、難しい顔してても疲れるだけだぞ。

考えすぎて胃に穴でも空いて、美人薄命になっちゃったらどうするんだ。

「そんな難しく考えなくてもだいじょうぶだって。確かに総長さんは天音の質問にはあんまり答えてくれなかったけど、ウソついたり、適当にごまかしたりはしなかった。すべてを話さないってだけで、今のところ傭兵ギルドはあたし達に好意的。今日の収穫としてはそれで十分だよ」

魔法研究所《ウィザーズ・ラボ》のことは、気になるならこれから調べていけばいいし。

総長は「東の地に答えがある」って言ってたから、東に行けば何かわかるかもしれない。

まあ、生きてさえいれば、いつかなんとかなるだろう。

軽い口調で言うあたしに、難しい顔をしていた天音はふと息をついて、苦笑した。

「お姉ちゃんはおおらかだね」

あんまり何も考えてないだけだよ。

でもまあ、天音はこうして考えすぎるところがあるから、おねーちゃんはこれくらいでいいでしょ。

話題を変えようと、明日からちょっと先の様子を見に別行動するけど、アデレイドが一緒にいてくれるからねという話をした。

天音は「また行っちゃうの？」とちょっとすねたけど、しばらく話しているうちに機嫌を直し、空の上で居眠りして、ドラゴンから落っこちたりしたらダメよ、といたずらっぽく笑った。

レグルーザと一緒に乗ると知っているので、本気で落ちるのを心配しているわけではなく、ただの冗談だ。

あたしも「パラシュート無しにスカイダイビングするほど退屈してないよ」と軽く返していたが、

くぁ、とあくびが出たので、そろそろ寝るかと話して「おやすみー」と就寝。

サーレル、ちょっと訊きたいことがあるから出てきてー、と呼びながら、おだやかな眠りへ沈んだ。

◆◆◆◆第七十七話「歩く非常識の足跡。」

眠りの底で黒猫サーレルと会うと、二代目勇者について聞いてみた。

「二代目勇者って、この世界でどんなことしてたの?」

何かすこしはわかるかな、と期待してたけど、残念ながらとくに話さなかったので知らない、という返事だった。

テンマくんは「魔大陸へ渡る前に、俺が戻れなくても問題ないようにしといたから、大丈夫だろ」と言って、サーレルにはほとんど何も、こちらの世界でのことを話さなかったらしい。

あんまり思い出したくなかったのか、過去は振り返らない主義の人なのか。

とにかくサーレルもその話を聞く必要があるとは思わなかったそうで、傭兵ギルドや魔法研究所《ウィザーズ・ラボ》についての手がかりは無し。

地道に調べるしかないか、と考えながら、ふと気になって「テンマくんとはどんな話してたの？」と訊いてみた。

サーレルは「我の記憶を見るが良い」と言って右の前脚をすいっと上げたので、あたしは腕を伸ばし、手のひらにやわらかなネコの肉球を受け止めた。

そうして触れたところから、頭の中へ記憶が流れ込んでくる。


そこは派手に散らかった広い部屋。

床やベッドにはマンガや雑誌や分厚い専門書、菓子の包み紙やジュースの空き缶が、机の上には組み立てかけのパソコンとそのパーツらしき機械部品、様々な工具が乱雑に転がっている。

サーレルはベッドの上のわずかな空きスペースにちょこんと座り、カメラ付きの携帯電話を持った端整な顔立ちの青年（なんか見覚えがある人）と、部屋の散らかりようなどまったく気にせず話していた。どうやらここは彼の部屋のようだ。

「サーレル、これから一緒にゲームやろう」

「天真《てんま》はその箱で遊ぶのが好きだな。我の手ではその道具をうまく扱えぬだろう。ともに遊ぶ者が要るのなら、諒子《りょうこ》を誘うがよい」

「リョーコは俺の部屋には来ねぇよ。今はまだ怒ってるだろうしな」

「何か、諒子が怒るようなことがあったのか」

「ん？　そういえば、言ってなかったか。昨日、ちょっと髪触るついでに首ンとこ撫でたら怒られたんだ。でも逃げてかねぇから、今ならイケるかと思ったんだが、結局、腕つかまれて投げ飛ばされた。んで、その後に〝ヘンタイ！〟って叫んで、走っていっちまったんだ。無事に家へ帰るまで見守っといたから、それはいーんだけどな」

「ふむ。そなたの話を聞いているとよく思うのだが、天真。諒子がそなたの伴侶《はんりょ》となってくれる日は、遠そうだな」

「昔から俺がそばにいて注意してたせいで、リョーコは男に慣れてねぇんだ。俺に慣れるのにも多少時間がかかるのは、まあ、わかってんだけど、時々、手が無意識に動く。それより、サーレル。お前をゲームに誘った理由を説明するとだな。リョーコはイヌ派かネコ派かって訊かれたら、即答で〝ネコに決まってるじゃない！〟と言うくらいネコが好きなんだ。だからお前みたいな可愛いネコが前脚でコントローラーを叩いてる写真とか見たら、絶対喜ぶ」

「ふむ。我の写真で諒子の気持ちをなだめるのだな？」

「おう、そういうことだ。リョーコは礼儀に厳しい家で育ってっから、アクセサリーとかは何か理由がねぇと受け取ってくれねぇし。お前の写真がちょーどいいんだ。協力してくれるだろ？」

「うむ、協力しよう。ところで、天真。先ほどの問いについてだが、こちら世界の人間達はイヌかネコの、どちらかを好むものなのか？」

「だいたいはどっちかを選ぶだろうが、どんなところにも例外はあるもんだ。ちなみに俺はオオカミ派」

「そうか。そなたはオオカミが好きなのだな」

「ああ。オオカミが一番だ。それじゃゲーム、始めるか。写真撮り終わったら、ついでに対戦しようぜ。言っとくが、俺は相手が初心者でも手加減しねぇからなー」

「ああ。こちら世界の遊びの文化は、とても興味深い。やり方を教えてくれ」


サーレルのぷにぷにした肉球から手を離すと、記憶の流入が止まった。

なんとゆーか。ツッコミ役がいなかったのね……

テンマくん、人間嫌いでバスクトルヴ連邦と傭兵ギルドとかの基礎作ったキレ者というより、リョーコちゃんのストーカーのような。顔はどうも、見覚えあるんだけど。

とか思っていると、サーレルがそれは同一人物だからだろう、と教えてくれた。

世間は意外と狭かったようで、二代目勇者はうちのおとーさんの友達だった。

ただ、テンマくんは大人になるとリョーコちゃんの家へ婿養子に入り、性が変わって「神崎さん」になっていたので、名前だけではわからなかったのだ。

年に数回くらいのペースで我が家へ遊びに来ていた人が噂の二代目勇者だと聞いて、もっと早く教えてくれよと思いつつ、あたしは驚くより、むしろ納得してうなずいた。

「なるほど。神崎さんが二代目勇者か。どおりで、ヘンな人だったわけだ」

あたしの知る神崎さんは、天音《あまね》が「お仕事はなんですか？」と訊くのに、「いろいろやってっから、よくわかんねぇな。何に見える？」と訊き返したり、いつも手みやげに持ってくるのが有名ブランドの高級プリンと焼酎《しょうちゅう》で、そのプリンを食べながら焼酎を飲んで「ウマい！」と膝をたたくという、変わった人だ。

一言でまとめるなら、顔は良いけど中身に難あり、という「残念な美形」。

おとーさんが「おい、歩く非常識」と呼ぶと、彼は「なんだ、外見サギ」と答える程度に仲は良く、二人ともゲーム好きだったので、彼が遊びに来ると二人でテレビの前を占領し、子どものようにわーわー騒ぎながらコントローラーを振りまわしていた。

ちなみに、実家の会社を継いで社長業をしているという超多忙な神崎夫人《リョーコちゃん》が一緒に来たのは、二度くらい。

すごい美人でオトコマエな人で、性格が似ているせいかうちのおかーさんと仲が良く、二人が並んで座っていると迫力がありすぎて近寄れなかった。

あれぞまさしく、美しき猛獣が二頭の図。

だから神崎夫人が一緒に遊びに来た二度とも、あたしは二人の旦那《だんな》がコントローラーを振りまわしている部屋の方にいて、時々どちらかの酔っぱらいの対戦相手をしていた。

二人とも手加減してくれない上に強いから、ほとんど勝てんかったなー。

次に会えたら、さんざんゲームで負かしてくれたお返しに「勇者さま」と呼んでやろうかなと思いつつ、話を変えた。

「風の大精霊がいる聖域って、あたしでも入れる？」

「そなたは純粋な闇の属性だ。それゆえどこへでも入ることはできるが、聖域は特殊な領域。場の制約に縛《しば》られるだろう」

注意が必要だ、と警告されるのに「制約って何？」と質問。

風の谷は「風の力以外は使えない特殊領域」なので、魔法も限られたものしか使えなくなる、という返答を聞いて、思わず「はー」とため息をついた。

つまり、レグルーザもジャックも入れない場所で、〈全能の楯《イージス》〉使用不可。

〈風の楯《ウィンド・シールド》〉とかの風系魔法は問題なく使えるらしいけど、とにかく一人でなんとかしなければならないらしい。

が、光と闇は四大精霊より上位の影響力を持つため、その二つの力はどの聖域でも制約に縛られず使える、とのことで。

「最終手段アリならまだマシか」とうなずき、教えてくれてありがとうとサーレルに礼を言って別れた。


〈異世界四十一日目〉

くあー、とあくびしながら、天音が騎士達と一緒に鍛錬するのを眺める。

レグルーザは昨日四連戦させられたのでこりたのか、ホワイト・ドラゴンを呼びにいくと言って、今日の鍛錬には参加していない。

ぼーっと見ていると、素早い動きで天音がヴィンセントに打ち込み、木剣がぶつかる音が肌寒くなってきた朝の空気へ鋭く響いた。

「おはようございます、リオさま。お茶はいかがですか?」

湯気のたつカップを二つ持ってそばに来たアデレイドに「おはよー」と返し、「ありがとー」とカップを受け取る。

アデレイドは隣に座り、自分もお茶を飲みながら訊ねた。

「イールヴァリード殿下とは、お話しされておいでですか?」

「これから元老院の誰かのところに行く、って言ってたのをちょっと前に聞いたけど、そういえば、その後は連絡ないなー」

ジャックが何も言わないから、とりあえず元気でいるだろう、と思ったけど、また「魔法で眠らされてました」という可能性もある。

念のためイールの様子を訊いてみると、眠たそうなジャックが「おとうさん、おはなししてるー」と教えてくれた。

そのままアデレイドに「今は誰かと話し中なんだって」と伝え、ついでに「そういえば二代目勇者のテンマくん、うちのおとーさんの友達だったよ」と話したら驚かれた。

「まだご存命なのですか？」

アデレイドは目を丸くしてたけど、サーレルがこっちの世界とあたし達が生まれた世界の時間の流れ方は違う、という話をしていたのを思い出して説明すると、「そうなのですか」と素直にうなずく。

それからアデレイドに訊かれるまま神崎さんのことを話し、「うちのおとーさんもちょっと変わった人だけど、その変わり者に〝歩く非常識〟って呼ばれてるヘンな人だったよ」とまとめて、朝食前のお茶の時間を終えた。

朝食をとって出立の準備を手伝うと、天音達と別れ、レグルーザと一緒に街道から外れた森の中へ入る。

天音の馬車を引く馬や、ブラッドレーが世話するガルム達を怖がらせないよう、レグルーザがみんなのいるところから離れた場所にホワイト・ドラゴンを呼んで、待機させていたからだ。

そうしてしばらく歩いて真珠色のドラゴンがのんびりと待っているところへたどり着くと、鞍を置いたり姿隠しの魔法をかけたりして、出発。空の上の旅人となった。

途中、何度か休憩をはさみながら、西へ行く。

あたしは空の上ではうつらうつらとうたた寝し、休憩のために地上へ降りるとレグルーザと話をした。

レグルーザは昼食をとるための休憩の時、魔法研究所《ウィザーズ・ラボ》が二代目勇者の創設したものだとは知らなかった、と教えてくれた。

「魔法研究所《ウィザーズ・ラボ》の秘密主義は徹底しているからな。彼らの本拠地『天空都市アリア』も、出入りするには特別な許可が要《い》ると聞く」

「天空都市？　ってことは、魔法研究所《ウィザーズ・ラボ》は空の上にあるの？」

「ああ。ごくまれに、結界が不調になると地上からその姿が見えることがあるが、普段はどこを飛んでいるかもわからない、姿無き空飛ぶ都市が魔法研究所《ウィザーズ・ラボ》だ」

レグルーザは結界が不調な時に遭遇したことがあるそうで、はるか天上へ渦を巻いてたちのぼる、巨大な雲の塔のような姿だったという。

とりあえず、バスクトルヴ連邦の上空をうろうろしているだけで、他国へ勝手に侵入することはないらしいが、とにかく「何をしているのかよくわからん秘密主義者の集まり」というのが一般人の認識。

「それより二代目勇者の残したもので有名なのは、初心者《ビギナーズ》の食料と呼ばれるものだ」

なにそれ？　と首をかしげて聞いていると、しばらく前にエンカウントした歩く根菜トリオの話だった。

あの歩くニンジンとダイコンとタマネギは、もともと二代目勇者が故郷の野菜を食べたいと、この世界の野菜を品種改良して作ったものが、研究過程でなぜか手足を生やして魔獣化し、畑から逃げ出して野生に適応、勝手に繁殖。

現在では頭の葉っぱからマヒ効果のある粉を飛ばす魔獣となり、大陸全土に生息しているものなのだという。

「とにかく弱い上に、倒せば食える。まだ十分な金が稼げない新米傭兵にとっては、貴重な食料だ。まずくはないが美味《うま》くもないから、稼げるようになった後でも食べたいと思う者は少ないが」

しかし、青いニンジンには要注意。

頭の葉っぱから飛ばす青い粉には強力な催眠《さいみん》効果があり、ちょっと吸い込んだだけでも一瞬で眠りに落ちてしまう上、倒しても猛毒なので食べられない。

まあ、「幻の青ニンジン」と呼ばれるくらい珍しくて、薬師には高値で買ってもらえるので、ある程度の実力がある傭兵は、見かけると遠距離攻撃で倒し、街へ持ち帰って売るらしいけど。

歩く非常識・神崎さん、なんかいろんな足跡残してんなーと思いつつ、「見つけたら風下に立たないよう気をつけるんだぞ」と言われるのに「うん」とうなずいた。

◆◆◆◆第七十八話「新契約と対価。」

〈異世界四十二日目〉


朝からホワイト・ドラゴンで移動し、お昼頃に地上へ降りる。

レグルーザはごはんを食べながら、ドラゴンの飛行速度が不自然なほど速くなってきている、と話した。

「速く進めるなら良いことだと思うけど。でも、なんで急に速くなったんだろうね？」

「正確にはわからんが、ホワイト・ドラゴンは風の属性だ。風の大精霊がいる聖域に近いために、影響を受けているのかもしれん」

「風の大精霊かー。そういえば、レグルーザに貸してもらってる『白の護符《ホワイト・アミュレット》』。あれの『風の精霊石』の中で、風の精霊が寝てたよね」

ふと思い出し、服の下からネックレスを取り出してみると、複雑な細工の中にはめ込まれた風の精霊石がいつもより強く輝いていた。はっきりとはわからないが、レグルーザの言う通り、風の大精霊の影響がここまできているのかもしれない。

食事を終えると地図をひろげ、現在地を確認。

風の谷にだいぶ近づいていて、明日にも着きそうだと言われたので、そろそろ話そう、と決めて声をかけた。

「レグルーザ。ちょっと長い話があるんだけど、いい？」

「今から、ここでか？」

街道から離れた草原を流れる小川のほとりで、まだ移動できる昼にわざわざ話をするのか、という疑問に「うん」とうなずく。

他の人に聞かれたくない話だから、街道から離れて周囲を見渡せる現在地は絶好の場所だし、長い話になると思うから、時間に余裕がある方がいい。

「風の谷に着く前に、何をしに行こうとしているのかも含めて話しておきたいと思って」

「なるほど。やはり、様子を見るだけで済ませるつもりはなかったようだな」

あたしの言葉は予想の範囲内だったらしく、レグルーザはむしろ納得した様子で「聞かせてもらおう」と応じる。

地図を片づけてお茶をいれ、腰を落ち着けると、あたしはぽつぽつと話をはじめた。

「前に、あたしは天音《あまね》が召喚されるのに巻き込まれてこっちに来ただけだって言ったけど、あれ、間違いみたい。本当は、こっちの世界と縁があるのは、あたしの方だった」

全部話すか一部だけにするか直前まで迷ったけど、どうせ話すなら丸ごとにしよう、と決めてしまうと、さほど緊張せず語ることができた。

レグルーザは神話や『夜狩り』騒動についてあまり知らないようだったので、それについても知っていることを一緒に話した。

もちろん、あたしが知っていることが必ず正しい、なんていう確証はない。

だからそのへんは自分で判断してね、と言うのに、レグルーザは無言でうなずき、聞き役に徹した。

そうして話は夕方になるまで続いたけど、日が沈む前になんとか終了（途中、何度か魔物が襲ってきたりもしたけど、近くにいたホワイト・ドラゴンがしっぽでべしっと吹っ飛ばして撃退してくれた）。

すべてを聞き終えたレグルーザは深いため息をついてから、しばらくの沈黙の後に言った。

「リオ。お前がウソをついているとは思わんが、その話をすべて、今すぐに理解して信じられるほど俺は若くないし、純粋でもない」

「うん。それが当たり前だと思う。とりあえず、ウソだろう、って言わないでくれてありがとう」

元の世界なら速攻で病院送りにされるか、「コイツ、頭大丈夫か?」という目で見られるだろう、現実離れした話だ。

わりと真剣に感謝すると、レグルーザは「いや」と首を横に振った。

「俺は一度、お前が黒い炎を自在に操るところを見ている。それに、お前がこんなウソをついて得をするとも思えん。だからウソではないだろうと判断した、それだけだ。しかし、それにしても……」

レグルーザは低い声でうなるように言った。

「お前が、身の内に神を宿している？」

そして、ものすごく珍妙なものを見るような目でじいっと観察される。

あたしはなんとも落ち着かない気分になりつつ、言った。

「言葉だけで信じにくいなら、〝闇〟の世界にご招待しようか？　サーレルにあんまり使うなって言われてるから使ってないけど、やろうと思えば今この場を〝闇〟に閉ざすこともできるし、レグルーザを〝闇〟に沈めることもできるよ。呪文無しで、指一本動かさずに」

なんだか脅し文句みたいになった言葉に、レグルーザは興味を引かれたようで、「やってみてくれ」と応じた。

あたしはまず自分とレグルーザをおおうように姿隠しの魔法をかけてから、「やるよー」と声をかけ、その内側を〝闇〟で満たした。

一瞬にしてひとすじの光もない暗黒に飲み込まれたレグルーザは、かすかに体を緊張させ、注意深く周囲の様子を探ってから、あたしを呼んだ。

「リオ？　そこにいるのか？」

「ここにいるよ」

「お前には俺の姿が見えているのか？」

「ばっちり見えてる。同調した〝闇〟のなかはあたしの領域《テリトリー》だから、レグルーザがしっぽゆらゆら揺らしてるのもわかるよ」

レグルーザはしっぽの動きをぴたりと止めると、低い声で「戻してくれ」と一言。

あたしが〝闇〟を消して姿隠しの魔法を解くと、不機嫌そうな、あるいは何かを考え込んでいるかのような様子で言った。

「確かに、あの場はお前の領域のようだ。俺には何も聞こえず、自分の手も見えず、お前の気配もとらえられなかった。俺の感覚に問題があるのか、あの場の作用なのか、お前が〝闇〟へ完全にとけていたせいかはわからんが」

あたしには、レグルーザがそれをどう感じたのかが、わからない。

冷静な青い眼を見あげて次の言葉を待っていると、レグルーザは「長く話していて疲れただろう、続きはまた後にしよう」と言って立ちあがり、夕食のための狩りへ出かけていった。

あたしはそのままひとり残され、「今の反応はどーゆー意味なの？」と悩む。

が、答えなど出るわけもなく、むーん、とうなっていると、珍しく日没前に起きてきたジャックに「おかあさん、さむい？　さむい？」と訊かれてほっぺたすりすりされた。

なにこの可愛《かわい》い生き物！

思わず状況を忘れて「ジャックー！」と三ツ首の魔獣に抱きつき、もふもふの毛並みに埋もれながらごろごろじゃれる。

そのまま夢中で遊んでいたら、いつの間にかデカい獲物をかついで帰ってきていたレグルーザに、「緊張感のない奴だな」とあきれられた。

「やはりお前が神を宿しているというのは、俺には信じがたい話だ」

「んー。すぐに信じてくれとは言わないけど、時間の選択を間違えたのかも。日が暮れて真っ暗になってから、もったいぶった感じで話した方が良かったかな？」

「話すのがお前なら、結果は変わらんだろう」

……けっこーズバッと言うよね、レグルーザ。

奇妙な話をしたばかりなのに、不思議なほどいつもと変わらないレグルーザと夕食をとり、後片づけをしているうちに日が暮れた。

手が空いたので、今日は散歩には行かないというジャックの毛並みをブラッシングしていると、焚き火の向こうからレグルーザが言った。

「リオ。先の話の続きだが、あの話を俺に打ち明けた理由を、まだ聞いていなかったな」

ブラッシングをしながら「うん」とうなずいた。

「とりあえず、あの話を受け入れてもらえるかどうかが先だったから」

「すべてを信じているわけではないが、ひととおりは理解した。それで？」

「簡単に言えば、あたしがお願いしたいのは契約の更新」

「今の契約は、お前がこの世界に慣れるよう案内しながら、元の世界へ帰る手段を探す手伝いをする、というものだったな。何か、変更したいのか？」

「変更っていうか、追加になるんじゃないかな。あたしが何度もキレて〝闇〟に喰われると、最終的には魔王が復活してその周辺一帯を荒らす可能性があるらしいから。同行してくれるなら、それに巻き込まれる危険を承知しておいてもらわないといけないわけで」

「お前に同行するのに危険があるのは以前から理解しているが、詳しい条件がわかるのなら教えてくれ。お前がもっとも感情を揺さぶられるのは、どんな時なんだ？」

「んー？　どんな時だろう？　天音がヒドい目にあわされたらキレると思うけど、他にはー……。女性と子どもと老人には優しくって仕込まれてるから、また死霊《レイス》の館の時みたいなのに出くわしたらキレるかも。もちろん〝闇〟に喰われたらあたしも死ぬから、キレないように努力はするけど」

「……リオ。お前もいちおう、努力という言葉を知っていたんだな」

「そんなしみじみと言わなくても。っていうか、まさかそこにツッコミが入るとは思わなかったんだけど、レグルーザ」

思わずブラッシングする手を止めて顔をあげると、レグルーザはさらりと聞き流して言った。

「自分のためにも周囲のためにも、命がけで努めてくれ。だが、感情の制御というのは、長い時間をかけて様々な経験を積むなかで自然と身につけていくものだ。そう簡単にできるようにはならんだろう」

「じゃあ、どうすればいいの？」

「第一に、一人で突っ走らないことだ。衝動や反射で動くな。まず一歩止まれ。〝闇〟の力はどうにもできんが、俺がそばにいれば、何か困ったことが起きても話を聞いて対応を考えられるし、お前が怒りに支配される前なら一時的に気絶させることもできるだろう。そして第二に、危険な場所には近づかないようにすることだ。女性と子どもと老人に弱いというなら、街中ではとくに注意しなければならんな」

よどみなく告げられる注意事項に目を丸くしていると、「街に入った時は宿の部屋から出ないようにした方がいいかもしれん」と言われたので、かろうじて「やりすぎは良くないと思うよ」とだけ返しておいた。

そしていつの間にかだいぶ脱線している会話を、契約についての話に戻す。

「レグルーザ。あたしに同行するのが危険だってことを承知して、これからも一緒に来てくれるなら、契約の報酬についてもちゃんと決めておきたい。ラルアークを守った以上のことを要求してると思うから」

「契約の対価か……。その前にひとつ訊くが、俺にこんな話をしても良かったのか？」

「うーん。良いか悪いかで訊かれると、答えに困るんだけど。これからも一緒に行ってもらうなら、何も言わずにはいられないし、レグルーザなら冷静に話を聞いた上で、ちゃんと考えて判断してくれるだろうと思ったし」

ぐるぐる考えながら答えてから、悩むのが面倒になり、にぱっと笑って言った。

「レグルーザ、お願い。一緒に来て、これからも助言者《アドバイザー》やって？　報酬は、手持ちで足りなければ何とかして稼ぐし。あたしと一緒にいると、さっきの話のほかにも、この世界の舞台裏が見られるかもしれないよ」

「なんともあやしい誘い文句だな」

レグルーザは笑い、おもしろそうだ、とうなずいた。

「いいだろう、リオ。契約の更新に同意する。だが報酬は金ではなく、俺に決めさせてもらえないか」

「お金じゃない報酬？　でもあたし、レグルーザが欲しいと思うような物なんて、何か持ってたっけ？」

首をかしげていると、レグルーザは「魔導書《グリモワール》だ」と答えた。

「お前の持つ三冊の魔導書《グリモワール》、血まみれの魔導書《ブラッディ・グリモワール》と黒の聖典《ノワール・バイブル》と琥珀の書《アンブロイド》。これの処分について、俺の判断に任せてもらいたい」

「魔導書《グリモワール》の、処分？」

「三冊とも即刻破棄してほしいところだが、『教授《プロフェッサー》』に鑑定してもらった後の方がいい。俺が望むまで、誰にも譲らず、見せず、表に取り出さないでいてくれ。……ふむ。いちおう聞くが、リオ。禁書の破棄は可能か？」

「考えたことなかったけど、たぶん、できると思う。魔法より〝闇〟の力の方が強いから」

「そうか。……なんというか、お前の言葉で驚くのに慣れてきた気がするな」

「そりゃー良かった。で、新契約の報酬は、三冊の魔導書《グリモワール》でいいの？　魔導書《グリモワール》を処分しても、あたしの頭の中には内容残っちゃうんだけど」

「人の頭の中にあるものをどうにかできるとは思っていない。禁呪の記された魔導書《グリモワール》を三冊処分できるだけでも十分だ。お前は魔導書《グリモワール》を処分してもかまわないのか？」

「あたしはかまわないよ。魔導書《グリモワール》は三冊とも亜空間に放り込みっぱなしだし、なくなっても困らないし。……ん？　そういえば、あたしが死んだら、倉庫に使ってる亜空間ってどうなるのかな？」

　ふと気になって、考えこむ。

「呪文の構成からすると、亜空間の発生基点になってるあたしが消えた時点で場が維持できなくなって空間ごと消滅するか、場だけ消滅して放り込んである物はぜんぶこっちの世界に出てきちゃいそうな感じなんだけど」

　魔法のことはよくわからん、という返答だったので、疑問は疑問のまま。

　レグルーザが話を戻した。

「お前の望みはこの世界を案内し、帰る方法をともに探す助言者《アドバイザー》。俺が求める対価は、三冊の魔導書《グリモワール》」

「いいか？」と訊かれるのに、「うん」とうなずく。

「契約成立だね。傭兵ギルド通して契約書でも作っとく？」

「いや、ギルドを通す必要はないだろう。お前が禁書の持ち主だと話すわけにもいかんからな。それに、総長のお前達に対する態度は、何かひっかかる……。今は様子見に、傭兵ギルドとは距離を置いておいた方がいい」

ずいぶんと慎重な言い方に、どうしたのかと不思議に思って訊いた。

「そういえば、レグルーザはなんで総長に呼ばれたの？」

「SS《ダブルエス》の傭兵が一人亡くなったため、空いた席にランクSの誰かが上がることになる、という話だったが、おそらく総長の本題は雑談の方だ。お前がどんな人間なのか、少しでも多くのことを知りたがっているようだった」

「え？　レグルーザ、昇格するの？」

「いや、俺は上がらない。強力な候補が四人いるからな。おそらく彼らのうちの誰かだ。それより総長から、お前に女性の護衛をつけてはどうかとも言われたぞ」

「護衛かー。それってたぶん、あたしの動向を傭兵ギルドに報告する監視役をつけたい、って意味だよね？」

「さて、そこまではわからんが。俺が判断すべきことではないだろう、と答えてある。いずれ総長か誰かから、お前に直接何か言ってくるかもしれんな」

ふうん？　と首をかしげたけど、「まぁいいや」と流した。

必要なのはこの世界を案内して、助言してくれるひとで、レグルーザが引き受けてくれた今、これ以上の連れは必要ない。

何はともあれ、新契約成立。

これからもよろしくお願いしまーす。

ほっとしたところで、先の会話で気になったことを訊いた。

「そういえば、魔導書《グリモワール》を鑑定してもらいたい『教授《プロフェッサー》』って、誰?」

「ああ。まだ名を言っていなかったな。『教授《プロフェッサー》』アンセム。サーレルオード公国にいると話した、元人間の魔法使いだ。彼は禁呪についてもよく知っている」

人間やめてる自由人で、しかも禁呪にも詳しい『教授《プロフェッサー》』かー。

「聞けば聞くほどアヤシイひとだね」

「お前も負けず劣らずあやしいと思うが」

うっ、とうめいて胸を押さえ、ジャックの毛並みの中へぱったり倒れる。

「レグルーザ、ほんと、ズバッと言うよね……」

苦笑まじりにつぶやいて、ごろんと転がり上を向いた。

「どうしたの?」と見おろしてくるジャックに「なんでもないよ」と答えて首筋の毛並みを撫でてやり、空にまたたく無数の星を見あげる。

そうしてそのまま、しばらくレグルーザと話をしてから、毛布にくるまって眠った。

◆◆◆◆第七十九話「風の谷。」

〈異世界四十三日目〉


快調に飛ぶホワイト・ドラゴンのおかげで、夕暮れ前に試練の森らしき広大な緑が見えた。

しかし、その森の向こうにあるはずの風の谷は、景色がぼんやりとかすんでいて何もわからない。

「聖域には魔物が侵入してるって話だったけど、外からじゃわかんないね」

「ああ。目立つ異変は起きていないようだな。……しかし、魔獣の姿が少ない。風の力が最も強い土地なら、風属性の魔獣がもっといてもいいはずだが」

魔物侵入の影響かな？　と話しながら、様子見にホワイト・ドラゴンで試練の森の上空へ入った。

瞬間。

服の下に入れていた白の護符《ホワイト・アミュレット》が目のくらむような白い光を放ち、強い風を巻き起こしてあたしの体を空中へ放り出した。

ジェットコースターの頂上部から落ちる間際みたいな浮遊感。

ぐるりと回る視界。

その中で、レグルーザが真珠色のドラゴンの背にいるのを見て、彼は大丈夫だとほっとして。

名を叫ぶ声は一瞬で遠くなり、視界からドラゴンと青い空が消え、あたしは白い光に包まれて吹き荒れる風の中へ落ちていく。

「リオ！」

それは一瞬の出来事で、抵抗する間《ま》もない強制落下だったけど、不思議と怖くはなかった。

ふわりと浮きあがって服の下から出てきた光り輝くネックレス、白の護符《ホワイト・アミュレット》。

それにはめこまれた風の精霊石の中で眠っていた精霊が、今やはっきりと目覚め、落ちていくあたしの体を風に包んで守っていてくれるから。

白い光に包まれて落ちていきながら、いつの間にか一変している周囲を見渡した。

そこは灰色の霧が漂う、瘴気《しょうき》に満ちた荒涼たる白い谷。

連なる山々の頂《いただき》を四つ足の魔物達が我が物顔で走りまわり、ごつごつした白い岩の転がる谷間には濁《にご》った水のようなスライムがうごめいている。

魔物達に好き放題荒らされたその場所は、灰色の霧の向こうに垣間《かいまみ》見える純白の岩肌や、折れて転がる水晶柱など、元は美しかっただろう風景の名残があるせいで、よけい無惨に見えた。

こうなった理由はわからないけど、試練の森の上空で風の精霊に引っぱりこまれたんだから、たぶんここが風の谷なんだろう。

思いがけないところに案内役がいてくれたのは幸運だったが、眼下にひろがる光景と風に乗って漂ってくる腐臭はどうにもヒドい。

風の精霊石の放つ白い光に包まれてふよふよと上空を浮遊しながら、顔をしかめて様子を見ていると、間もなく四方八方から空を飛べる魔物が攻撃してきた。

瘴気におかされて魔物と化した風属性の魔獣、ゴールドイーグルやワイバーンやグリフォンだ。

「〈旋風《ワールウィンド》〉」

呪語《ルーン》を唱えて突風を吹かせ、接近してきた魔物を遠ざける。

軽い魔物はあっさり吹き飛ばされてくれるが、ワイバーンやグリフォンなどの重量級は受け流してとどまったので、〈竜巻《トルネード》〉を連発して弾き飛ばした。

その騒ぎで周辺にいた魔物達があたしに気づき、攻撃態勢に入る。

さて、どうしようか。

思って、ふと、考える必要はないと気づいた。

ここは誰も踏み込めない聖域で、近くに大精霊がいそうな様子もない。

そしてあたしの目的は、魔物の一掃。

知らず、微笑みが浮かぶ。

耳障《みみざわ》りな魔物達の咆哮《ほうこう》を聞きながら、あたしはちいさくつぶやいた。

「無制限だ」

頭の中に刻み込まれた魔法の中から風属性のものを一つ選び、呪文を構築。

すい、と右手を伸ばして、その発動を命じた。

唱えた古代言語《エンシェント・ルーン》は強烈な風を起こし、無差別に魔物達を巻き込みながら七つの巨大な竜巻《たつまき》とな
って風の谷に嵐をもたらす。

「〈大渦嵐《ヴォルテックス》〉」

その渦の下では山々が削られ、砕《くだ》かれた岩とともに空へと飲み込まれた魔物は烈風に切り裂かれて白い骨と化し、ばらばらと地上へ散った。

風のうなりは獣の咆哮に似て猛々《たけだけ》しく、山を砕き谷を埋めながら魔物を屠《ほふ》る。

空を飛ぶものも地を走るものも、ただそこにいるというだけで等しく烈風の渦に喰われていく。

一個の抵抗など鼻先で嗤《わら》うような、圧倒的破壊。

テレビや映画館のスクリーンでしか見たことのない大破壊が目前で繰り広げられ、その轟音《ごうおん》が肌を震わせ骨まで響いてくるのにたまらなく魅了された。

素手での殴り合いや普通の戦いではありえない、魔法だけに特有の、一方的な暴力という後ろ暗い快感に溺れそうなほど心惹《ひ》かれた。


もしこんなふうに、イグゼクス王国を壊せたら……？

いつの間にかそんなことを考えているのに気づき、思わずため息がこぼれた。

イグゼクス王国に対する怒りはあるけど、こんなふうに容赦《ようしゃ》なく叩き壊したいわけじゃないし、今はそんなことを考えている場合でもない。

意識を切り替え、七つの竜巻を起こす魔法の維持に集中する。

範囲攻撃というよりマップ破壊な〈大渦嵐《ヴォルテックス》〉は、数分かけて風の谷からほとんどの魔物を排除し、ついでにその地形をいくらか変えて、ふっと消えた。

ゆるやかに吹く名残の風に乗り、ぱらぱらと、砂とともに白い骨のかけらが降る。

数分間の轟音を浴び続けた後で、魔物の消えた風の谷の静寂は耳に痛かった。

灰色の霧が晴れた純白の谷に転がる無数の骨を見おろし、良いことをしたのか悪いことをしたのか、自分では判断のつかないことをしたなと思った。

しかしまあ、あたしの感傷なんぞどうでもいい。

そんなことより風の大精霊を探して、無事を確かめておかなければ。

でも、いったいどこにいるんだ？

人工物がひとつも存在しない、ただただ白い岩と砂と水晶柱でできた風の谷には、当然ながら大精霊の祠《ほこら》的なものも無いので、すぐには居場所がわからない。

それでも大精霊はこの場所の主なんだから、さすがに何か他とは違うしるしみたいなものがあるんじゃないかと、殺風景で荒涼とした白い谷の上をふよふよ漂いながら探すこと数秒。

「んっ？」

パキパキ、と何かにヒビが入るような音が聞こえて、下ばかり見ていた目をふと上にあげると。

いつの間にか白の護符《ホワイト・アミュレット》にはめこまれた風の精霊石の表面に、小さなヒビが入っていた。

中の精霊が出てくるのかなと思って見守っていると、大粒の真珠みたいな風の精霊石の表面に入ったヒビはどんどん広がっていき、数秒とかからずにパリン！　と壊れた。

爆発するように白い光があふれ、強い風が吹きつける。

思わず目を閉じて顔をそむけ、数秒後、チカチカする視界を戻そうと何度かまばたきしながら、視線を戻して。

「……こんにちは？」

疑問形になったあいさつの相手は、白銀の髪と瞳をした半透明の少年。

ふわふわと空中に浮かぶ、可愛らしい顔立ちをした彼は、にっこり笑って言った。

《ようやく会えたね、母さん》

かあさん。

「て、母さん？　いやいやいやいや。産んでないからお母さんじゃないよ？」

《母さんは母さんだよ。……と、そんな話してる場合じゃなかった》

いやそこ重要、と思ったけど、のほほんとした彼が急に表情を引き締めて地上を見おろしたので、あたしもつられて視線を動かす。

すると谷に吹く風が、ある一点へ向かって吸い込まれるように流れていることに気がついた。

断崖《だんがい》絶壁と深い谷が連なる真白の聖域の中で、最も高くそびえる巨岩の崖《がけ》。一枚の巨大な岩からなるその崖の上には、先ほどの〈大渦嵐《ヴォルテックス》〉で根元から折れたらしい大きな水晶柱がいくつも転がり、積み重なっているのだが、なぜかその隙間に向かって風が集まっているみたいだ。

「風の大精霊……？　でも、それにしては、なんか不穏《ふおん》な感じが」

するんだけど、とつぶやきかけたあたしの声は、いきなり吹いてきた強い風にかき消された。ため込んだものを一気に放出するかのような勢いで、今まで風を吸いこんでいた所から、今度はすさまじい大気の激流がほとばしる。

《ああ～。怒ってるなぁ》

空中であたしの体をふよふよ浮かせながら守ってくれている風の精霊らしき半透明の少年が、困ったように言う。

彼はなんとかその場に留《とど》まろうと力を強めて頑張《がんば》っていたけれど、吹き寄せる風の勢いがあまりにも強いので抵抗しきれず、あたし達はじりじりと押し流された。

けどまあ、とりあえず空中を滑っているだけで、何かにぶつかる心配は無いので、あたしはとくに何もせず様子をうかがう。

彼が「怒っている」という相手の姿は見えないし、兇暴な獣の咆哮《ほうこう》に似た音を立てながら吹きすさぶ烈風が、白い砂や砕かれた骨を巻きあげて白銀にきらめき視界をくらませる。

それでもその向こうで身を起こした何かを、あたしも肌で感じていた。

姿が見えなくてもわかる、強大な力を持ったソレは、折り重なって転がる水晶柱の下で今や完全に目を覚まし、猛る大気をまとってぞろりと外へ滲み出る。

形があるようで無いような、白銀の風のかたまりのような？

「……なに、アレ？」

砂のきらめきが散って見えにくい視界の中で、それでもなんとか姿を捉えようと目をこらしながら、少年に訊く。

魔物に特有の瘴気はなく、精霊というには存在感がありすぎて、魔獣というには輪郭《りんかく》があやふや。

こういうものを何というのか、こちらの世界の生き物にさほど詳しいわけでもないあたしには、その正体がさっぱりわからない。

《悪いものじゃないよ、母さん。今はぼくらの味方ってわけでもないけど》

精霊石から出てきたので風の精霊っぽい、という以外はこちらも正体不明な少年が言った。

《さっきからずっと話しかけてるのに、すごく怒ってて、声が届かない。母さん、あの子を正気に戻してやってくれないかな？》

母さん、と呼ばれるたびに違和感で顔が引きつりそうになるのだが、そんなことより彼がのんびり喋《しゃべ》っている間に正体不明の風のかたまりに敵としてロック・オンされたような気がして鳥肌が。

「事情がよくわからないんだけど、アレは君の知り合いなの？　今、すごいこっち睨んでるっぽいんだけど。もうすぐ攻撃されそうな気がするんだけど」

知り合い？　と、よくわかっていなさそうな顔で小首を傾《かし》げ、彼は答えた。

《あの子は聖域の守護者、精霊獣だよ。ずっと大精霊を守って魔物の攻撃に耐えていたせいで、そこから解放された今も怒りがおさまらなくて、暴走してる》

聖域の守護者の、せいれいじゅう？

そんなのいるなんて聞いてないんですけど、と内心でつぶやくあたしに、今一番大事なことを少年がさらりと言った。

《それと、風の精霊じゃない母さんのこと、敵だと思ってるっぽいね》

「それ、最初に教えてほしかったなぁ！」

そうしたら真っ先に逃げたのに、動かないこちらに苛立った様子の精霊獣が、とうとう翼を広げた鳥のような形になり、突撃してくる寸前に教えられても。

「ああもう！　とりあえず〈竜巻《トルネード》〉！」

倒しちゃいけない相手のようなので、ひとまず距離を取ろうと呪語《ルーン》を唱えたら。

「えええー！　巨大化したぁっ？」

なんと、あたしの放った魔法の竜巻を取り込み、白銀の鳥は一気にその身を巨大化させた上に勢いを増して突進してきた。

衝突に備えて壁をつくるように風を集めながら、ちょっと困ったように少年が言う。

《母さん、風の精霊獣は、風でできてるから。風の魔法は、ぜんぶ飲み込まれちゃうよ？》

それならそうと、もっと早く教えてくれよと思うの、これで二度目なんですがね、君。

あたしはこっちの世界の生き物についてそんなに詳しくないいんだよ、と思いつつ、少年と同じく衝突に備えて魔法を構築。

「〈風の楯《ウィンド・シールド》〉」

今さら逃げられる距離ではなかったので、受けることを考えて防御魔法を展開し、身構えた。

その、ほんの数秒後。

あたしの竜巻魔法を喰らって巨大化した白銀の精霊獣が、真正面から激突する。

「……ぐっ」

〈風の楯《ウィンド・シールド》〉が砕け散ることで衝撃を散らしたが、完全に受け流すことはできず弾き飛ばされ、空高く放り出された体が宙を舞った。

レール無し、座席もガードも無しのジェットコースターはスリル満点の絶叫ものだったが、異世界の空中遊泳アトラクションは風の精霊付きなので、地面に叩きつけられたりはしなかった。

《母さん、だいじょーぶ？》

精霊獣からだいぶ離れた空中で止まると、半透明の少年が心配そうに声をかけてくる。

が、こっちは胃が浮いたような気持ち悪さで返事ができない状態だったので、無言でうなずいて応じた。

《うーん。困ったなぁ。ぼく、人間と喋るのはじめてだから、うまく言えないいんだけど。あの子がせっかく大精霊が頑張って守ってきたのに、と悲しげに言う彼に、思わず「えっ」と声をあげた。

まだ胃が浮いてる感じがして気持ち悪いけど、そんなこと気にしてる場合じゃなさそうだ。

「あの精霊獣とかいうのが暴れるのって、そんなに危ないの？」

大陸結界というのは、北の魔大陸から魔物が侵入するのを防いでいる防御壁で、あたし達のいる南大陸のすべてをおおっているという、とんでもなく大規模なものだ。

もしそれが崩れたりしたら、いったい何が起きるのか、想像もつかない。

慌てるあたしに、マイペースな少年が応えて言う。

《うん。精霊獣は大精霊の力の一部なのに、暴走して壊れそうになってるから。もしもこのまま精霊獣が壊れちゃったら、今の弱りきってる大精霊じゃ、耐えきれずに一緒に死んじゃうかもしれない。そうしたらこの聖域は力を失って、大陸結界の支柱としての役割を果たせなくなるだろうから》

結果的に大陸結界が崩れることになる、という。

それはそれで大変なことだけど、あたしは彼の話の中の「精霊獣が壊れる」という所に違和感を覚え、どういう意味かと質問した。

すると、どうも精霊獣というのは生き物ではないらしいことがわかった。

詳しい仕組みはよくわからないが、大精霊の力の一部を核として動作する〝聖域の自動防御システム〟的なものが精霊獣の正体で、その動力源である核が大精霊と繋《つな》がっているせいで、精霊獣が受けたダメージの何割かを大精霊も受けてしまうことになるんだそうだ。

だから、精霊獣を壊すのは絶対にダメ。

では、どうすればいいのか？

あたし達を追いかけてくる精霊獣から少年の力で逃げたり、魔法で攻撃を防いだりしながら話を続けた結果、求められるクリア条件の厳しさに、思わずげんなりとぶつやいた。

「なにその無理ゲー」

あまりにも条件が難しすぎるミッションに、絶対クリアできないゲームをクリアしろと言われている気分になる。

「いやー。風の魔法しか使えない聖域で、風を飲み込んじゃう精霊獣を相手にさ、核を壊さずに捕まえて正常な状態に戻してくれって。そんなのいったい、どうやってやればいいんだい……？」

がっくりとうなだれているあたしを見て申し訳なくなったのか、精霊少年が言った。

《正気に戻すのが難しそうだったら、核を取り出すだけでもいいよ。ただ、核は精霊獣の中をずっと移動し続けてるから、どこにあるのか、まず見つけなきゃいけないけど》

精霊少年は近くに行けば核のある位置がわかるらしいが、そんなのんき気に近づける相手じゃないので、やっぱりそれも難易度が高い。

しかも、実体があるようで無いような風のかたまり、精霊獣を捕まえる、という時点で頭が真っ白になりそうだというのに、このハイレベルなミッションには制限時間までついているらしい。

《母さん、早く何とかしないと、精霊獣が壊れちゃう。どうしよう?》

困った顔をする精霊少年に、こっちからも「どうしよう?」と返したいのを飲み込んで考える。

あたしには風の魔法の他にもう一つ、最終手段として〝闇〟の力を使うという選択肢があるけど、できればそれは選びたくないし、精霊獣相手にうまく手加減して使えるかどうかわからない。

ううーん。精霊獣を捕まえる方法、風を捕まえる方法……

「こういう頭使わなきゃいけない系のミッションは、どう考えても天音《あまね》向きだと思うんだけどなぁ。あたしの頭じゃ、いくら考えたって何も思いつかないし」

誰にともなく小声で文句を言ったあげく、どうあがいても無理ゲーだぁ、と天をあおいだ、瞬間。

「……あっ?」

吸い込まれそうに青い空を見て、ふと一つの案を思いついた。

ただの思いつきなので、うまくいくかどうかはわからないんだけど。何もしないでいると精霊獣が勝手に壊れてしまうかもしれないのだから、とにかく試してみる価値はあるはずだ。

「ちょっと、相談なんだけど」

《なあに? 母さん》

違和感たっぷりの呼び名を口にする精霊少年に訊ねる。

「君、どれくらい高くまで飛べる?」

そうして彼と相談したところ、あたしの案はムチャだけど、成功する可能性が無いこともないので、まあ一回やってみようか、という合意に至った。
《母さんはすごいこと考えるねぇ》
あきれているのか感心しているのか、それともおもしろがっているのか、今いちよくわからない、のほほーんとした様子で言って、精霊少年は空を見あげた。
《それじゃあ始めるから、母さんは精霊獣の方をよろしくね》
「よしきた、任せといて！」
《わぁ、頼もしいな〜》
他に何も思いつかないんだからしょうがない、もうどうにでもなれ、という投げやりハイテンションなあたしの返事にふふふと笑うと、少年は空に浮かんでいる力をコントロールして高度を上げ始めた。
「〈風の楯《ウィンド・シールド》〉」
あたしは自分の身を守るための防御魔法を、さっきよりも厳重に展開。楯といいながら、魔法使いを中心に球体を描いて全方位型の防御をしてくれる〈風の楯《ウィンド・シールド》〉を、少し機能をカスタマイズしつつ七つ重ねて構築する。
ちなみにプラスした機能は、外界をシャットアウト、つまり楯の内部を密閉状態にするもの。防御魔法はもともと空間の繋がりを断つように呪文が構成されているので、このくらいのカスタマイズならそれほど難しくはない。

そうして防御魔法の展開を終えると、次はこちらを追ってくる精霊獣へ一発。

「〈竜巻《トルネード》〉」

あたし達を追いかけているうちにだんだん体が削れて小さくなっていた白銀の鳥が、また一気に巨大化して速度を増した。

「よしよし。ほーら、こっちだよ〜。そのまま追いかけておいで〜」

手をひらひらさせて挑発するあたしを濁った灰色の目で睨みつけ、猛り狂う獣じみた咆哮をとどろかせて精霊獣が真下から迫り来る。

あたしの放った竜巻を喰らったせいで巨大化したその鳥の口に、今にもぱっくりと飲み込まれてしまいそうな気がして、挑発を続けながらも無意識にごくりとのどを鳴らした。

精霊少年は順調に高度を上げていき、精霊獣の向こうに見おろす景色はまたたく間に遠ざかっていく。高度計があったら今どれくらいの数字を指すのか、数秒と経たないうちにいちばん外側の〈風の楯《ウィンド・シールド》〉がミシリときしんだ。

思ったより外からの圧力が強い、と内心で冷や汗をかく。もしかすると七つ重ねでは足りなかったかもしれない。が、今さらそんなことを考えても遅すぎる。

そうして間もなく一枚目の楯が壊れると、その後は続けて二枚目、三枚目の楯が砕け散った。

すでに地上は遥《はる》か彼方という空のただ中に、生身で放り出されるまであと、四枚。

執念深く追い続けてくる精霊獣が途中で脱落したりしないよう、様子を見て〈竜巻《トルネード》〉で力を足してやりながら、目的の高度へ辿り着くまでの時間をひたすらに耐えた。

楯に亀裂が入る嫌な音が肌に響いて、砕けて壊れる音に息を飲み、あと、三枚。

《母さん、そろそろだよ》

数秒が何時間にも感じられたその末に、こんな時にまでマイペースな彼の声がのんびりと響いた瞬間、あたしは全身でほっとため息をついた。

まだ何も終わってないけど、楯が全部壊れる前に何とかできそうで、……あっ。

「ひ～！　あと二枚しかない～！」

外側の楯が割れて超高空の外気にさらされた途端《とたん》、次なる〈風の楯《ウィンド・シールド》〉は嫌な音を立ててきしみ、細かなヒビが入る。

自分で出した案だけど、涙目になって（こんなトコ来るんじゃなかった）と後悔した。

超高空はレグルーザと一緒にドラゴンで飛んでいる時に見るのとはぜんぜん違う、過酷な世界だ。

天に見えるのは空の青というより宇宙の漆黒《しっこく》と、地上へ近づくに従ってにじむように薄まっていく藍のグラデーション。

真下からしつこく追いかけてくる精霊獣のせいで地上はぜんぜん見えないけど、もしも見えたとしても、どこに何があるのかさっぱりわからないくらい遠い景色になっているだろう。

しかし、今は天空遊覧に来ているわけではないので、そんな風景を楽しむ余裕などひとかけらもなく、あたしは精霊獣に向かって祈るようにささやいた。

「凍れ～、凍れ～。頼むから早く、すみやかに凍ってください～」

まずは超高空の冷気で精霊獣を凍らせ、動きを封じて核の場所を固定する。それがうまくいったら、動けなくなった精霊獣に少年が接近し、核の場所を特定してあたしの魔法で体からぶち抜く。

というのが、空を見上げて思いついた作戦だったのだ。

超高空は極寒の世界で、動き続けていないとありとあらゆるものが凍りついてしまう、と元の世界で聞きかじったことがあったので、「じゃあ、超高空で精霊獣の動きを止めさせて凍らせよう」と考えたわけである。

そして今、精霊少年は器用に飛び回り、自分は動き続けながら精霊獣の動きを止めさせた。急に方向転換した少年の動きについていけず、精霊獣が空中で停止したのだ。

目を凝らして様子を見ていると、ヒビ割れた楯の向こうで、精霊獣の体がみるみるうちに凍りついていくのがわかった。

たぶん、精霊獣が取り込んだ風の中に含まれる水蒸気とか砂とかが凍ったんだろう。

とにかくこれで動きは止まった。

「核は⁉」

どこをぶち抜けばいい？　と片手をのばしながら精霊少年に訊くと、空気に押されて腕が勝手に動いた。

《そこだよ母さん！》

だから君を産んだ覚えなんて無いんだってば！　と内心で叫びながら、固定された腕に集中して呪文を唱える。

「〈竜巻《トルネード》〉！」

空気が薄いせいか、超高空の世界ではあたしの魔法も威力が弱まっていたけれど、逆にそのおかげで力が一点集中したらしく、渦巻く風が凍りついた精霊獣の体のど真ん中をぶち抜いて、そこにあった核と思《おぼ》しき球体を暴き出した。

「よし！　確保！」

あとは核が体を再構成する前に捕まえて、地上へ帰るだけ。

空気の薄い超高空ではすぐに体をつくれないらしく、もたもたしている核は間もなく精霊少年の手の内に捕らえられた。

《ああ、良かった～。無事に捕まえられて、ほっとしたよ。ありがとう、母さん》

凍りついた精霊獣の残骸が砕けて消えていくのを向こうに眺めながら、お礼を言う少年に答える。

「うん。ホント、良かったね。君の母さんになった覚えはまったく無いけど、あたしもほっとした」

本当に、核を取り出すより先に精霊獣が壊れて大陸結界が消えました、とかいう緊急事態にならなくて良かった。

そう思って、深くため息をついていると、少年は不満そうな顔で唇を尖《とが》らせた。

《え～？　母さんはぼくの母さんなのに》

いやいやいや。産んでないし、人間が精霊の母親になんてなれるわけないでしょ、と思うのだが。

「というか、そもそも君って何者なの？　精霊石から出てきたから、精霊なんだろうなってことはわかるんだけど。普通の精霊にしては、みょうに精霊獣のこととか、大陸結界のこととかよく知ってるし。こんな高いとこまで普通に来れちゃうっていうか、精霊獣よりも飛ぶの速かったし？」

《あれ？　ぼく、何も言ってなかったっけ？》

きょとんとして、可愛らしく小首をかしげてみせる精霊少年。

うん、何も言ってないですよ。

《あー、そっか。それで母さんはぼくの母さんじゃないって言うんだね。じゃあ、ちゃんと話そう》

「……えっ？　今、ここで？」

まだ超高空の世界でふよふよ漂い、現在進行形で残り二枚の〈風の楯《ウインド・シールド》〉がミシミシしてるんですが、と引きつりそうな顔で言うと、彼はようやくそれに気づいて下降し始めた。

風の精霊だからか、空の上にいることにあたしほど抵抗感が無いらしい。

精霊獣の核を両手で捕まえて大事そうに胸に抱え、ゆっくりと地上へ向かって降りていきながら、精霊少年はまず名前を告げた。

《ぼくの名前はシェリース》
「シェリースくん？」
《そう。それがぼくの名前。呼んでいいのはこの世界でただひとり、母さんだけ》
上機嫌な笑顔のまま少年がそう言った瞬間、不思議な風があたしの体の内側を吹き抜けた。
肌を撫でるのではなく、全身の細胞をすすぐように吹き抜けていく風はおそろしいほど心地よく、数秒で通り過ぎて背中に奇妙な熱を残した。
それはゆっくりと体温にとけ、あたしの体になじんでいきながら、強烈な眠気をもたらす。
これは何だろう？　まるい熱が、背中に……
《ぼくは母さんに闇の力を与えられて孵化《ふか》した、もうひとりの風の大精霊》
歌うように語るシェリースの声は、まるで子守唄。
やわらかく、響く。
《ぼくは闇の風。光の風の対《つい》となる、夜に吹く静寂》
眠たい。なんでかわからないけど、すごく、眠たい。
《母さんの夜に優しい風が吹くように、ぼくはいつも見守ってる》
青い空を背に、シェリースはにっこりと微笑んだ。
《精霊獣の核を傷つけずに取り戻してくれて、本当にありがとう。たくさん魔法を使って、きっとすごく疲れたよね。外の仲間のところへ送るよ》

待って。まだ、聞きたいことがある。

そう思うのに、まぶたが重たくて目が開かず、体からは力が抜けて。

白い風に包まれてふんわり浮いたと思ったら、すとんと落ちて誰かに受け止められた。

《おやすみ、母さん》

「リオ！　今、どこから出てきたんだ？　大丈夫か？」

頭の上から聞こえてくるのは低い声。

頬《ほほ》に感じるのはちょっと硬いけどさわり心地の良い毛並み。

レグルーザだ。

いつの間にかヒビ割れた〈風の楯《ウィンド・シールド》〉は消えており、あの綺麗だけど過酷な超高空の世界から、地上で待つ彼のもとへと帰ってきたのだと分かったら、なんだかとても安心してさらに眠くなった。

ああ、ごめん。

「ね」

「ね？」

「ねむ、い……」

つぶやくようにそれだけ言って、あたしは深い眠りに落ちた。

◆◆◆◆第八十話「豊穣なる秩序。」

〈異世界四十四日目〉


なんか良い匂《にお》いがするなー、と思って目を覚ましたら、もう昼だった。

近くで火に鍋をかけてごはんを作っていたレグルーザが、もそもそと起きあがったあたしに気づいて訊く。

「リオ。起きて大丈夫なのか？」

答えようと口を開く前に、お腹が「ぐるるる」と鳴いて勝手に返事した。

レグルーザはうなずき、「とりあえず食え」と皿を出してくれたので、ありがたくいただいた。

そういえば、街から離れて野宿するようになって初めて知ったんだけど、レグルーザは料理がうまい。

野外料理だからたいてい焼くか煮るかの二択《にたく》で、メインは常に彼が狩ってきた獲物の肉。

しかも肉の切り方も味付けもすごくおおざっぱな、「細けぇことは気にすんな！」的な男の人の料理。

なんだけど、鼻がきくせいか肉を焦がさずこんがり焼くのが上手《うま》いし、臭みを消したり肉をやわらかくしたりする香草類、それに塩の使い方に熟練していて、いつも豪快でおいしいシンプル料理ができあがるのだ。

今日のスープも炙《あぶ》り肉のかたまりや日持ちするイモがゴロゴロ入っていて、食べごたえがある上に塩味が良い加減でとてもおいしい。

「レグルーザのごはんは、いつ食べてもおいしいねー」

「お前のおいしいの幅が広いだけだろう」

「それでもホントにおいしーよ。作り方とか、誰かに教わったの?」

「作り方か。教えてくれたのは師匠だ。どうせ食うなら美味《うま》い物がいいと言って、香草の使い方にこだわっていた」

だから師匠と旅をしている間、弟子のレグルーザが料理担当をさせられたので、当たり前のようにそのこだわりごと仕込まれたのだという。

「お前も香草の使い方くらい覚えたほうがいいぞ」と言われるのに「うん」とうなずきながら、あたしは心から感謝した。

ありがとう、見知らぬお師匠さま。

あなたのおかげで、今日もレグルーザのごはんはおいしいです。

「そんなことより、リオ。昨日は何があったんだ?」

話ができるのならそれを話せ、と言われるのに、もぐもぐと肉のかたまりを噛《か》みながら風の谷で起きたことを思い出し、ごくんと飲み込んでから口を開く。

「白の護符《ホワイト・アミュレット》についてた風の精霊石の中の子に風の谷らしきところへ引っぱりこまれて、大量発生してた魔物を魔法で片づけた。そうしたら風の精霊石が割れて、〝もうひとりの風の大精霊〟とかいう子が出てきて。ああ、彼が名乗る前に精霊獣っていうのも出てきて、暴走しちゃってるのを何とかしてくれって頼まれたんだけどね。いやぁ、あれ、大変だったよ。風の谷って、聖域特有の制限で基本的に風の魔法しか使えないんだけど、精霊獣はこっちの風の魔法を全部飲み込んで、自分の力にしちゃうから。でもまあ、どうにか片づけてね、そしたら今度はもうひとりの風の大精霊くんに、何か背中にくっつけられた。あ。わざとじゃないんだけど、白の護符《ホワイト・アミュレット》壊れちゃったみたいで、ごめんね？」

細かく語ると長くなりそうだったので、とりあえず思いついたことをおおざっぱに並べ、最後に謝罪を付け加えた。

レグルーザはまず全部話を聞いてから、ふむ、とうなずき詳細を確認する。

「白の護符《ホワイト・アミュレット》のことは気にしなくていい。俺は使わんからな。それより何があったのか、今ひとつよくわからんのだが。まず、精霊獣というのは何だ？」

「たしか、聖域の守護者、って言ってたかな？　生き物じゃないらしいけど、見た目は鳥だったよ」

「それが暴走したというのは、いったいどうなっていたんだ？」

具体的に精霊獣の行動をあげるのなら、体当たりで攻撃されて、その後もしつこく追い回されました、というところだけど、まあ、済んだことだし、そこまで細かく言わなくてもいいだろう。

「精霊獣の暴走っていうのは、精霊獣が自分で勝手に壊れそうになってた、っていうことだよ。でも、精霊獣は大精霊の力のかけらを動力源にして動いているものだから、壊れると大精霊が一緒に死んじゃうかもしれないっていうんでね。体から核をぶち抜いて回収したの」

「ぶち抜いて回収、か……。聖域の守護者を相手に……」

「うん。その物言いたげな目は何だろうね？　ってちょっと聞きたい気もするけど、とりあえずそれは終わったことだから、もういいよ」

レグルーザはあきらめ顔で息をついて、質問を変えた。

「背中に何かをくっつけられたというのは、いったい何なんだ？　精霊に何かされたのか？」

そういえば、それについてはあたしもまだ詳しく知らないんだった。

思い出したら急に気になって、イモを食べながら〝闇〟と同調して自分の背中を見る。

すると、肩甲骨《けんこうこつ》と肩甲骨の間、背骨の上に、親指の先ほどのおおきさの真珠みたいなものが埋まっているのが見えた。しかも珠《たま》が体に埋まっているだけでなく、強い風の魔力を帯びたそれの周りには、鳥の翼を思わせる白い模様まである。

ああ、もう。知らないうちにタトゥーが増えちゃってるよ……

「リオ？　どうした？」

「……ん。ごめん。あたしにもよくわからないんだけど、背中に白い珠が埋まってて。でも、悪いモノじゃなさそう。シェリースはあたしのこと、母さんて呼んでたし」

そういえば、ジャックからも「おかあさん」と呼ばれている。

産んでないのに、よく子どもができる世界だ。

魔獣とか精霊にとって、魔力っていうのはそんなに影響の大きいものなんだろうか。

恋人がいたこともないんだけどなぁ、と複雑な気分になっていたら、レグルーザから「お前を母と呼んだ？　誰が？」と訊かれた。

「自称〝もうひとりの風の大精霊〟の、シェリース」

答えた瞬間、やわらかな風が吹いて空中で白い渦を巻き、半透明な白銀の少年の姿になった。

《母さん、呼んだ？》

「あー……、えっと。あっさり現れてくれるね、自称〝風の大精霊〟くん」

《シェリースだよ。それに〝自称〟はいらない。ぼくは本当に風の大精霊だから》

さいですか、とため息まじりにうなずいた。

いつでもどこでも、この子は本当にマイペースだ。

「レグルーザ、この子が今言ってたシェリースくん」

《くんもいらない。シェリースって呼んで。それと、ぼくの名前は母さんにしか聞きとれないから、言っても伝わらないよ》

あたしにしか聞こえない名前？
すぐには意味が理解できず首をかしげていると、レグルーザが「確かに、名のところだけ聞きとれなくなる」とうなずいた。
「大精霊の名前は、大精霊が捧げた相手にしか得られない誓約の印だからね》
「誓約？　そんなのしたっけ？」
《ぼくの名前はシェリースだよって言ったら、母さんはシェリースって呼んでくれたでしょ》
「……え？　まさか、それが誓約なの？　普通に自己紹介だと思って、何も考えずに呼んじゃっただけなんだけど」
《ふーん？　母さん、何も知らないんだね。まあいいや。『風の宝珠《オーブ》』はもう母さんの体になじんだみたいだし、気にしなくていいよ》
「いやいやいや、ちょっと待って。コレ、気にせず流せる話じゃないし。その風の宝珠《オーブ》って何？　あたしの背中に埋まってるヤツ？」
《そう。ぼくの力のかけら。この世界の風は母さんの味方だよっていう、印》
「世界の風が味方になるって、なんかエライ話だね。でも、何でまたあたしに？」
《ずっと繭の中で眠ってたぼくに闇の力を与えて、風の聖域まで連れてってくれたのが母さんだから。母さんがいなかったら、ぼくは時が満ちても普通の上位精霊として孵化するだけだったし、聖域へ行けなかったら、大精霊として孵化することもできなかった。でも、母さんのおかげで闇の風

として生まれることができたから、光の風の対として、風の聖域を維持する力になれる》

ありがとう、と笑顔で言われても、わけがわからない。

ちょっと落ち着こうと皿のスープを飲みほして、また訊いた。

「そもそも、もうひとりの大精霊、ってのがよくわからないんだけど。前からいた風の大精霊はどうなってるの？」

《光の風は聖域にとけて、場を維持してる。魔物に侵入されて荒らされても、今まではひとりで何とかしなきゃならなかったから、疲れてるんだ。これからはぼくが手伝うから、だいぶ楽になるはずだよ》

その後もシェリースに質問して話を聞いたところ、ようやくすこし状況が理解できた。

まずシェリースの言う「光の風」というのは、『光の女神』に力を与えられて大精霊となった風の精霊のこと。

「闇の風」というのが、あたしから闇の力を得て、昨日、大精霊として孵化したシェリースのこと。

これまで『光の女神』が力を与えたひとりしかいなかったのが、彼が孵化したことで、今は光と闇、対極にある二つの力を宿した、ふたりの風の大精霊がいるようになったらしい。

ちなみに精霊石というのは、精霊が力をたくわえるために宿る繭。精霊は世界に生じてからある程度の時を経ると、自分に適した石に宿って力をたくわえ、十分に力を得ると、より上位の存在として石から孵化するものなのだそうだ。

そして昨日孵化したばかりのシェリースがこれだけのことを説明できるのは、数千年存在している「光の風」と知識を共有しているため。

意識や感情は別々だけど、「光の風」が知っていることは「闇の風」も知っており、またその逆もしかり、という隠し事不可能なふうになっているという。

なるほど、だから精霊獣や大陸結界のことにも詳しかったのか、と納得した。

「風の大精霊がふたりか。風の谷を守るものが増えた、と思えばいい？」

《そうだね、それでいいよ。光の風が力を取り戻してぼく達が調和すれば、もう魔物に侵入されることもなくなるし》

「魔物が侵入しなくなる？　……ん？　そういえば、この世界のものには誰も入れないっていう聖域に、どうして魔物が侵入できたの？」

《魔物は生き物じゃない。世界を蝕《むしば》み、壊していく病なんだよ。だから光の風だけでは侵入を止められなかった》

「でも、シェリースがいれば侵入を阻止できる？」

《重要なのはぼくの存在じゃない。光の風と闇の風、その二つが揃うということ。光と闇の調和がもたらす秩序。それだけが魔物という病を退けられるから》

シェリースは歌うような口調で語った。

《光と闇は四大精霊より上位の存在であり、世界の根幹を成す神々につながる絶大な力。それぞれに単独でも強大な影響力を持つが、その真価は対極にあるものと調和した時、初めて発揮《はっき》される。それは世界の表と裏にある大きな力が、均衡《きんこう》を保ちながら共に在る時にだけ生み出される、豊穣なる秩序》

光と闇の調和がもたらす、豊穣なる秩序。

それだけが、世界を蝕む魔物という病を退ける。


ふと、『夜狩り』騒動の時に、精霊使い達が「黒い色を持って生まれるものがいるのは、世界がそれを必要としているからだ」と説いた、という話を思い出した。

光だけでは足りず、闇だけでもダメ。

対極にあるものが揃って調和することで、世界はようやく平安を得る。

シェリースの言葉に、みんなに歓迎される光の、対極にある闇という存在を、初めて真正面から必要とされた気がしてじんときた。

のどの奥で何かがつまって、声が出ない。

シェリースはそんなあたしにまるでかまわず、マイペースに言った。

《話はこれくらいでいいかな。母さん、ぼく、そろそろ帰るよ。魔物は母さんがだいたい消し飛ばしてくれたけど、風の谷はまだちょっと不安定で、あんまり長く留守にしておけないんだ。またい

つでも呼んでね。気が向いたら来るよ》

じゃあね、とひらひら手を振り、シェリースは現れた時と同じようにあっさり消える。

しばらくの沈黙の後、レグルーザが言った。

「よく似た息子ができたものだな」

「……や、産んでないから息子じゃないけど。似てる?」

「ふらりと現れ、またふらりと消える。とぼけた顔をして笑いながら、外見からは想像もつかない力を持っている」

とぼけた顔……

「そしてどちらも、この世界にとって重要な存在らしい」

俺にはよくわからんが、と言いながら、レグルーザはスープの入った鍋をかき混ぜる。

鍋の中でくるくるまわる炙り肉とイモをぼんやり見ながら、レグルーザの低い声を聞いた。

「この調子だと、他の聖域でもお前を母と呼ぶものが生まれそうだな」

「……否定できないのが怖いんだけど、レグルーザ。あたしもふらりと消えたくなってきたよ?」

「どこへでも行けばいい。だがその時は俺も連れて行くんだぞ」

お前は一人でふらついていると勝手に厄介事に巻き込まれるし、また探すのは面倒だ。それに何より、俺がお前の案内役なんだろう?

青い眼から無言のうちに響いてくる言葉に、思わずへらりと笑みがこぼれた。

「うん。今度ふらっと消える時は、レグルーザも道連れにする」

道連れか、と苦笑ぎみにつぶやいた彼のしっぽが、照れたようにぶらりと揺れた。

◆◆◆◆第八十一話「精霊の目。」

昼ごはんを食べ終わると、レグルーザと次の予定を確認した。

風の谷は闇の風の大精霊シェリースが守ってくれるから、天音《あまね》が行っても大丈夫。

なのでまず、天音達のところへ戻って「風の谷は安全だよ」と報告してから、レグルーザの知り合いで元人間の魔法使い、『教授《プロフェッサー》』アンセムに会いにサーレルオード公国へ行くことを話す。

そうして大まかなところはすぐ決まったけど、ただ一点、風の谷で起きたことについてどこまで話すべきか、というところでモメた。

あたしは「闇属性なのがバレるし、ひとりで魔物がウヨウヨしてる聖域入ったって言ったら絶対叱られるから、何も話さずテキトーにごまかしたい」のだが。

レグルーザは「いつまでも隠し通せることではない、どうしても話せないこと以外はすべて話して叱られてこい」と言うのだ。

彼は「そもそも今回風の谷で起きたことは、どうあっても隠せないだろう」と断言した。

なんだか劣勢な気がしたが、あたしは「そんなことない」と反論。

「闇の風の大精霊が味方なんだよ。彼に「あたしのことは言わないでね」って口止めしておけば、とりあえずあたしの名前は出されずに済むでしょ。あ。でも、闇の風と光の風って、知識共有してるんだっけ？　天音が契約する相手は光の風で、あたしは光の風に会えてないから口止めもできないわけで……」

途中で自分の言葉に穴を見つけ、反論失敗。

確かに隠すことはできない、とうなだれるあたしに、「気づいていなかったのか」とため息をついたレグルーザが、もうひとつ理由を追加した。

「それにお前、アマネと同じ部屋や馬車で寝起きするだろう。背中にある風の宝珠《オーブ》を見られたら、何と言うつもりだったんだ？」

「うーん。お姉ちゃん、芸術に目覚めたんだよ！　とか？」

「芸術の前に現実に目覚めてくれ。あと、適当なことを言ってごまかそうとするな。お前は結局、アマネに叱られるのが嫌なだけだろう」

「いや、そんなこともあるけど。でも、やっぱりどうしても話せないこともあるし、あんまり心配かけたくないし」

「なんでもかんでも隠そうとする者は、いずれ信頼を失う。どうしても話せないことと、話したくないだけのことを混同するな」

「それは確かに、ごもっともだけど。キビしい先生だね、レグルーザ……」

「先生はやめてくれ。お前のような生徒がいたら、頭痛で倒れる。そんなことより一度確認しておこう。お前のどうしても話せないことというのは、何だ？」

前半さらっとヒドいこと言われた気がするけど、さっさと答えろと青い眼に急《せ》かされてあわてて考える。

「えーと。まず、あたしが生まれる前に交わしたサーレルとの契約のこと。それから、元の世界への帰還が現状不可能だってこと」

「話せないのは二つか。しかし、どちらも永遠に隠し通せるものではないだろう。いつなら話せるようになる？」

「元の世界への帰還については、とにかく探して考えて、どうしても見つからなかったら言う。……サーレルとの契約については、たぶん、その時一緒に話さないといけなくなるだろうね」

レグルーザはうなずいて、話を戻した。

「では風の谷で起きたことについてアマネに話すのに、問題は無いな」

「でも、レグルーザ。この国であたしが闇属性だってバレるの、危なくない？」

「確かに、相手を選ぶべき話だ。イグゼクス王国の上層部や神殿、とくに異端審問官に知られるのは避けた方が無難だろう。……ふむ。ではアマネと『星読みの魔女』にだけ話しておく、というのはどうだ？」

あ、それいいね。

アデレイドが同席してくれたら、天音が叱りにくい雰囲気になるかも！

一気に楽天的な気分になって、「うん、そうする」とうなずいた。


話が終わると火の始末をして道具を片づけ、ホワイト・ドラゴンを呼んで出発準備。

あたし達を乗せたドラゴンはいつものように、レグルーザの合図で飛び立とうとした。

その瞬間。

白く輝く風が吹き、翼をひろげたホワイト・ドラゴンをあっという間に天高く舞い上がらせた。

いつもとは明らかに違う急加速、急上昇だが、白銀の風によって守られたドラゴンは何の問題もなく体勢を維持し、あたしとレグルーザにもほとんど負荷がかからない。

これはおそらく風の宝珠《オーブ》の影響、シェリースが「世界の風が味方になる」と言った、その結果のひとつなのだろう。

レグルーザは冷静に様子を見て高速で飛ぶドラゴンに行く先を指示すると、しばらく地上を眺めてから言った。

「リオ、すこし速度を落とせないか。このままではまたアマネ達の姿を見逃すぞ」

「そうだね。でもこのスピードは捨てがたいなぁ……。うーん。天音がどこにいるのかわかれば、そこまで一直線で行けるよね？」

「それはそうだが。わかるのか？」

残念ながらあたしの持つ三冊の魔導書《グリモワール》に、探索系の魔法はない。

血まみれの魔導書《ブラッディ・グリモワール》の著者ブラウロードは「脆弱《ぜいじゃく》なものなど不要。すべて壊して残ったものを取るがいい、〈隕石落し《メテオストライク》〉！」。

黒の聖典《ノワール・バイブル》は「探索ならば壁抜けも可能な死霊が最適。さあ唱えよ、〈死霊召喚《サモン・レイス》〉」。

そして琥珀の書《アンブロイド》の著者ウォードは、「探すほど大切なものならば、最初から〈隷獣契約《コントラクト・スレイブ》〉で奴隷にしておくが良い。さすれば〈隷獣召喚《サモン・スレイブ》〉の一声で汝《なんじ》が元へ戻るだろう」。

著者達が本当にそう言うかどうかは知らないけど、記された魔法はそれぞれこんな感じに突き抜けているので、天音を探すのに使えそうなものがないのだ。

だから今までは目で探すしかなかった、けれど。

「宝珠《オーブ》を通して風の精霊達に協力してもらえそうだから、うまくいけば探せるかも」

「ほう、それはすごいな。では試してみてくれ。可能ならだいぶ手間がはぶける」

うん、とうなずいて深呼吸。

まぶたを閉じて、背中に埋まっている風の宝珠《オーブ》に意識を集中させ、それを通して周囲に集まってきている風の精霊達に呼びかけた。

彼らは好奇心旺盛で、すぐに興味を示して応えてくれる。

まずホワイト・ドラゴンの飛行速度をすこし落としてもらうよう頼んでから、何ができて何ができないのかを確認した。

風の精霊達は大精霊のシェリースのように人の姿をとることはできないし、話をすることもできない。

けど、感覚を共有することはできるみたいだし、ぼんやりした感じだけど意思の疎通《そつう》も可能。

風の宝珠《オーブ》に宿るシェリースの力を慕う精霊達の、「楽しい」とか「嬉《うれ》しい」とかいう気持ちがドカドカ伝わってくるので、彼らに意識を向けるとかなりにぎやかな交流ができる。

ドラゴンで飛ぶ時は常に保護してくれるみたいで、これは空という彼らの領域に大精霊と契約したあたしがいる場合の、当然の待遇らしい。

あとは、特定の何かをしてもらいたい時は風の宝珠《オーブ》を通して魔力を贈ると、気が向いた精霊が協力してくれるようだ。

しかし、体の一部のような〝闇〟とは違い、宝珠《オーブ》を通じてしか接触《コンタクト》できない風の精霊達と感覚を共有し、それを維持するというのは、わりとしんどい。

それでも不可能なことではなさそうなので、とりあえずやれるだけやってみようと風の精霊達と感覚をつなぎ、彼らに地上へ降りてもらったら。

天音を探してくれと頼む前に、風の精霊達の目で見る世界の、その圧倒的な美しさに我を忘れて見惚れた。

大地は琥珀。

白銀の風に、揺れる草葉はエメラルド。

木々の幹や枝はトパーズ、大地から吸い上げられてその中を通る水は、アクアマリンのかけら。

真珠の鳥が羽ばたけば、ひらりひら、とルビーの花が散る。

そこにあるのは生きて鼓動する宝石の万華鏡《カレイドスコープ》。

一時もとどまることなく巡る生命の息吹があざやかに輝き、時折、世界を浸食する魔物の影が暗く不穏にゆらめいている。

時々ちらつく瘴気がうっとうしいけど、無数の宝石で造られたような世界はすばらしく美しかった。

が、あまりにもキラキラしいので、見続けていたら数分で頭が痛くなって〝闇〟の底へもぐりたくなった。

うう。目は痛くないけど視覚が痛い。

闇属性だから、光り輝くものには弱いのかな……。

精霊達とつなげる感覚の強さを調節し、ぼんやり感じ取れる程度にしてちょっと慣れたところで探索開始。

天音は『光の女神』の加護を受けてる光属性だから、たぶんダイヤモンド。

そしてアデレイドは『調和の女神』から力を授かってる『星読みの魔女』だから、神託を受ける時に見た虹色の光、オパールみたいな感じだろう。

つまり、ダイヤモンドとオパールが近くに揃ってたら確定。

風の精霊達へ「『光の女神』さまと『調和の女神』さまの気配を探してねー」と頼み、自分でも感覚を共有する精霊の目を通して、街道をたどって探した。

幸い、好奇心旺盛で移動の速い彼らは、さほど長い時間をかけずに『光の女神』の気配を見つけ出し、すぐ近くにあった『調和の女神』の気配についても知らせてくれた。

しかし、たぶんそうだろうと思ってはいたけど、二人は本当に「光り輝くダイヤモンドとオパール」状態で、そのあまりの輝きっぷりに顔が確認できないという予想外が発生。

他の人達はなんとなく輪郭がわかるんだけど、天音とアデレイドの二人だけ、本当にさっぱりわからないくらい輝いている。

何と言うか、闇属性にはキビしい輝きっぷりで。

風の精霊と感覚を共有したまま、「顔わかんないけど間違いないだろうし、まあいいか」と思いながら、その輝きの周りをひゅるる～と吹いていると、ふと、天音の声が聞こえた。

「お姉ちゃん？　そこにいるの？」

なんとゆー超感覚、と、ため息まじりに義妹の天才を再認識して、「うん、お姉ちゃんだよー。もうすぐ戻るからね」とダイヤモンドの輝きに風の身でかるく触れる。

たぶん声は伝わってないだろうけど、さらりと髪を撫でたような感覚があったので、これで良いだろうと意識を自分の体へ引き戻した。

風の精霊達へ「ありがとう」と感謝し、ホワイト・ドラゴンを天音達の元へ向けて加速させるよう頼んで魔力を贈る。

「リオ？」

ドラゴンが再び急加速したのに気づいたレグルーザに訊かれ、まぶたを閉じたまま答える。

「見つけたよ。顔はわからなかったけど、声が聞こえたから間違いない。後は風の精霊達が誘導してくれるから、任せてだいじょうぶ」

風の精霊達との感覚の共有は断ったから、もう彼らの目とはつながっていない。

それなのに、あまりにも輝かしい世界を見続けていたせいか、なんだか頭がくらくらする。

「そうか。普通の精霊魔法ではないようだったが、ともかく、よくやったな。アマネ達の元へ着くまで、ゆっくり休んでいるといい」

「うん。ちょっと、休むー……」

まぶたを閉じたところにある暗闇に心底ほっとしながら、深く息をつく。

そうしてすこし休憩するだけのつもりが、いつの間にかころんと眠りに落ちていた。

◆◆◆◆第八十二話「いってきます。」

〈異世界四十五日目〉


なんだかおいしそうな匂いがする。

思ってふと目を覚ますと、間近からあたしを見おろしていた金色のネコが「ぎにゃっ！」と叫び、転がるように走っていって青年神官の後ろへ隠れた。

いや、めっちゃハミ出てるけど、ラクシャス。

君みたいにでっかいネコが、細身の神官の後ろにおさまるはずないでしょ。

逃げるくらいなら近くに来なきゃいいのに、と思いつつ「くぁ～」とあくびしていると、すぐそばから天音《あまね》の声がした。

「お姉ちゃん、おはよう」

「ん。おはよー」

寝てる間にレグルーザがあたしを連れて、天音達と合流してくれたようだ。

「はい、朝ごはんだよ」と皿を渡されたので、それをもぐもぐ食べながら周りを見てみると、近くでもう一つの焚き火をかこんでいる『星読みの魔女』一行の中にレグルーザの姿があった。

「おはよう」と声をかけるついでに「運んでくれてありがとー」と手をふると、気づいたレグルーザはかるくうなずいて返し、隣に座っていたブラッドレーとの話に戻る。

あたしも天音の方に視線を戻し、ごはんを食べながら最近の様子を訊いた。

天音は前にあげた守りの花飾りを髪に飾っていて、とくに危ないこともなかったし、大丈夫だよと答えたので、そりゃー良かったとほっとした。

そうして食べながら話しているうちに、天音の従者達も集まってきて食事をはじめたのだが、一番最後に来たヴィンセントはなぜかあたしの顔を見ると「本当に起きたのか」と苦笑した。

その言葉に天音がちょっと嬉しそうな様子で「言った通りでしょう？」と言うと、ヴィンセントは「ああ、さすがは妹だ。姉の習性をよく知っているな」とうなずく。

何の話？　と訊くと、機嫌の良さそうな天音が教えてくれた。

「お姉ちゃんはいつも食事の支度ができたところで目を覚ましてくれるから、もうすぐ起きると思うよって話してたの」

そうしたら本当に天音が言った通りのタイミングで起きたらしい。

うん。何の自慢にもならんけど、昔からそういう察しは良い方です。

それなのに昨日の晩ごはんの時には起きられず、今朝まで眠り続けていたのは、風の精霊と意識をつなげるのがそれだけ負担になったということかな。

よくわからないけど、自分と違う感覚を持つものと意識を接続《リンク》させるのは疲れるし、相手は精霊だ。気軽にやっていいことじゃなさそう。

食事の後、天音とアデレイドに「話がある」と声をかけ、後片づけを男性陣にお願いして三人でアデレイドの馬車に入った。

声が外にもれないよう防音の魔道具を作動させてもらってから、風の谷で起きたことを話す。

あたしが風の谷に入れたことには二人とも驚かなかったけど、心配していた通り、天音は「お姉ちゃん、ひとりで魔物と戦ったの？」というところで話を止めた。

そのまま二時間コースにいきそうな勢いで「どうしていつも危ないところへひとりで行っちゃうの」というお説教が始まりかけるのを、「聖域だからどうしようもなかったんだよ」とがんばってなだめる。

幸い「確かに聖域の中までは、この世界のものでは同行することができません」とうなずいたアデレイドが援護してくれたので、天音はしぶしぶながら仕方がなかったのだと理解してうなずいた。

その後は、あまり何度も話を止められるといつまでたっても終わらないので、とにかく最後まで聞いてくれと頼んで一気に語る。

天音は「精霊が孵化した」ところで目を丸くして驚き、「風の大精霊と契約した」ところでわくわくして身を乗り出し。

「これから帰る方法を一緒に探してくれそうな『教授《プロフェッサー》』っていう魔法使いに会いに、サーレルオード公国へ行く」と言ったところで顔色を変えて立ちあがった。

「お姉ちゃん！　わたしを置いていくの？」

悲しげにうるんだ瞳を見あげ、「そうだ」とも「違う」とも言わずに答える。

「天音が自分にできることをやろうとしてるように、あたしも自分にできることをしに行くんだよ」

きゅっと唇を引き結んだ天音は、痛いのをがまんするような顔でうつむき、すとんと座る。

その様子を見て、これは言葉を重ねるよりすこし待った方が良さそうだと考え、あたしは黙って話を聞いていたアデレイドに声をかけた。

「アデレイドはこれからも天音と一緒に行ってくれる？」

「はい」

『星読みの魔女』は迷いなくうなずいてくれたので、あたしがいない間、天音をよろしくお願いしますと改めて頼んでおいた。

そうしてアデレイドとの話を終えると、ずっと下を向いていた天音が顔をあげて言った。

「お姉ちゃん、話はそれで全部？」

質問するその口調で、これはまだ話していないことがあると完全にバレてるな、とわかった。

それでも今は話せないので、「とりあえず今はこれでぜんぶ」と答える。

天音は「わかりました」とひとこと、先とはまるで違うさっぱりした様子で言って、続けた。

「わたしは「いってらっしゃい」って言うから、お姉ちゃんは「いってきます」って言って。それで、帰ってきた時は「おかえり」って言うから、お姉ちゃんは「ただいま」って答えるの。いい？あんまり帰ってくるのが遅かったら、迎えに行っちゃうからね」

自分が納得していないことについて、相手の意志を尊重するのは難しい。

でも今、天音はそうしようとしている。

なんだかどんどんスゴイ人に育っていくなぁ、とまぶしく思いながら答えた。

「うん、だいじょーぶ。ちゃんと帰ってくるよ」

天音が風の谷に入ったら風の宝珠《オーブ》を通して闇の風《シェリース》が教えてくれるだろうから、様子を見に行くかもしれないし。

などと話していたら、天音が宝珠《オーブ》を見たがったので、服の襟元をゆるめて背中を見せた。

風の大精霊との契約の印は「純白の真珠が肌に埋まってて、周りには天使の羽根みたいな白いタトゥー。すごくきれい」と二人ともほめてくれた。

天音は「風の大精霊と契約できたら、わたしもお姉ちゃんみたいな印をもらえるのかな？」とわくわくしていて、「何かもらったらあたしにも見せてね」と言うと、にっこり笑って「うん」とうなずいた。

話が終わったので馬車を降りると、レグルーザとバルドーが格闘していた。

天音の朝の鍛錬に二人が参加した時、バルドーが「軽く遊んでくれ」と言ってやっていた、獣人達の準備運動《ストレッチ》だ。

後片づけはもう終わっているようで、他の男性陣がすこし離れてその様子を見ていた。

力と力がぶつかりあう衝撃で空気がビリビリ震える、という相変わらずの迫力に、馬車から降りたあたしは思わず「おおー」と声をあげる。

レグルーザとバルドーは、その声が合図だったかのようにお互い後方へ下がり、ほぼ同時にかまえをといた。

「リオ、話は終わったか？」

「うん。お待たせー」

もう行けるよと答えると、「では行くか」とうなずいてレグルーザは自分の荷物を手に取った。

そこへ、何を思ったか天音がぱたぱたとそばへ行き、でっかいトラの獣人に、ちいさな声でひそひそささやく。

何を言ったのかは聞き取れなかったが、ナイショ話はすぐに終わり、レグルーザが「ああ」とうなずくのに、天音は「よろしくお願いします」と綺麗に一礼して戻ってきた。

何を話してたの？　と天音に訊いたが「後でレグルーザさんに聞いて」と流され、「それよりお姉ちゃん、行く前には何て言う約束？」と促されるのに応えて言った。

「いってきます」

「はい、いってらっしゃい。……気をつけてね」

あたしより天音の方がトラブル多そうだから、君も気をつけるんだよ。

他の人とも「またねー」とかるくあいさつをかわし、彼らがそれぞれの馬車に乗り込んで西へ向かうのを見送った。

レグルーザは馬車がいくらか遠ざかるのを待って、竜笛《りゅうてき》を吹く。

あたしは近くの岩に座ってホワイト・ドラゴンが来るのを待ちながら、天音に言われたとおりレグルーザに訊いた。

「天音と何を話してたの？」

レグルーザは穏やかな声で答えた。

「考えているようで何も考えていないことがある。その時、その場の勢いだけで動くようなところもある。けれど、自分のためでなく動くこともできるし、親しい相手には優しい。ともに旅をするのに簡単な相手ではないと思うが、姉をよろしく頼む、と」

天音にお願いされたらしい。

もうどっちが姉だかわかんないね、と苦笑しながら、あたしはレグルーザと一緒に真珠色のドラゴンに乗り、新たなる目的地、サーレルオード公国を目指して飛びたった。

◆◆◆◆第八十三話「空の旅と北からの報せ。」

〈異世界四十六日目〉


レグルーザのホワイト・ドラゴンに乗り、サーレルオード公国を目指して東南へ移動する。

風の宝珠《オーブ》のおかげで風の精霊達が積極的に力を貸してくれるから、ドラゴンで行く空の旅は高速で快調。

途中。

休憩に降りたところで地図をひろげ、寄り道の相談をした。

手持ちの食料が少なくなってきたので、そろそろ買い物をしに街へ行きたいというレグルーザが、地図の一点を指さす。

「サーレルオード公国へ入る前に、シャンダルへ寄ろう」

示されたそこは、南大陸の中央にある聖域、光の湖から流れる何本かの川のうち、南西の海につながる一本があるところで、ちょうどその川がイグゼクス王国とサーレルオード公国の国境になっているのだが。

レグルーザの言うシャンダルという街は、なんとその川の真ん中にあるという。

あたしはうなずきつつ、首を傾《かし》げた。

「行くのはいいけど、これって川の真ん中に街があるの？」

「シャンダルは街ではなく、国だ。実際に見てみればわかるだろうが、光の湖から流れる大河の上に、魔法で守られた都市が浮かんでいる。国としての規模は小さいが、イグゼクス王国とサーレルオード公国の交易の要《かなめ》の場所となっているほかに、この辺りでは一番の遊興施設を揃えて観光地としての人気を得ている。つまりは王国と公国の商人達の取り引き市場であり、娯楽に飢えた貴族達の遊び場だ」

「おおー。なんか楽しそうなトコだね」

わくわくして言うと、さっくり釘を刺された。

「リオ。俺達は商人でも貴族でもない。市場で食材と香辛料を買って、傭兵ギルドの支部で情報収集をしてくるだけだ」

人が多くて危ない連中もいるから、わざとはぐれたりしないように、と厳重に注意され、残念だなと思ったけど「はーい」と返事する。

話を聞いているとテーマパークみたいでおもしろそうだけど、初めて行く場所だし、レグルーザに迷惑かけたくもないから、彼の近くで遊べるだけ遊んでこよう。

一回行って場所を覚えれば、後は〈空間転移《テレポート》〉で好きな時に行けるし。

そうして話がまとまると、シャンダルへ向かってドラゴンで飛んだ。

〈異世界四十七日目〉


ドラゴンに乗って一日飛び、夕暮れ前に野営地を決めて夕食の準備に取りかかる。

乾いた枝を集め、近くの川で汲んだ水を鍋で沸かすのがあたしの役割。

石を組んで簡単なかまどを作ってから、周辺の様子を見てまわり、ついでに夕食用の獲物を狩ってくるのがレグルーザの役割。

今のところレグルーザは「やり方を見ていろ」と言うだけで、料理について教えてはくれない。

他にやることもないし、ヒマなあたしはちょっとした下ごしらえを手伝いながら、レグルーザが狩ってきた獲物をさばき、手持ちの食料や狩りのついでに採ってきた野草を使って料理するのを見ている。

レグルーザは鋭い爪のついた大きな手で、小さなビンや布袋に詰め込まれた香辛料と思しき葉っぱや木の実を上手に取り出して、とくに量をはかったりはせず無造作に使う。

うーん。今日もいい匂い。

お腹をすかせたあたしは、レグルーザが「よし」と言うのをまだかまだかと待ちながら、よく使われる葉っぱや木の実の形をなんとなく覚えた。

その夜。

散歩から帰ってきたジャックのブラッシングをしていたら、イールから連絡がきた。

ちょっと久しぶりのような気もするけど、北の皇子はそれどころではないらしい。

「ネルレイシアが『竜骸宮《りゅうがいきゅう》』を出た」

いきなり言われても、意味不明だ。

あたしは「おとうさんだー」とぱたぱたしっぽを振って喜んでいるジャックの額にある竜血珠《ドラゴン・オーブ》に触れ、声には出さず言葉を返す。

「お久しぶりです、こんばんは、っていうのはまあいいとして、ちょっと待ってイール。ネルレイシアって、イールの妹で『鷹の眼《ホーク・アイ》』の統括者《トップ》の第二皇女だよね？　で、りゅうナントカってのは、何？」

「竜骸宮だ。竜人の始祖たる古竜《エンシェント・ドラゴン》の死後、その遺言に従って彼の骨を元に造られた宮殿で、ヴァングレイ帝国の皇族が住んでいる。古竜《エンシェント・ドラゴン》の加護があるためか、竜骸宮の中では皇女達の精霊同調症の発作が抑えられると言われている。ネルはそこを出たんだ」

「家出したってこと？」

「家出？　……家出、に、なるのか？」

早口だったイールが、言葉につまり、首を傾げるような口調で言う。

「ネルの目的地は、バスクトルヴ連邦との国境にある街だ。二代目の勇者が竜人の娘のために特別に造った空船《スカイ・シップ》『フロイライン』を使い、ともに『皇女の鳥』を管理するアマルテは宮に残した。

侍女と護衛と三人の精霊使いを連れて出立するのに、宮の者達が総出で見送りをしたらしい」

それは家出じゃないだろう。

「みんなに見送られて、準備万端で旅立ったみたいだけど？」

「宮の者達は皇女に甘い上に、ネルはどうすれば自分の望みを叶えられるか知っているからな。戻るまで勝手なことはするなと、よく言い聞かせておいたつもりだったのだが……」

いつも自信たっぷりのイールの声が、どうにも不調だ。

「侍女と護衛と、精霊使いも三人連れて行ったんでしょ？　それでもそんなに心配になるような子なの？」

「いや、そういうわけではないのだが。ネルはひとりで竜骸宮を出たことがない。今まで出かける時は、いつもわたしが同行していたからな」

なるほど。

それで過保護なお兄ちゃんは、侍女と護衛、精霊使い三人を連れて出かけた妹を心配してるわけか。……って、うん？

「イール。もしかして今、妹ちゃん追いかけてドラゴンに乗ってたりする？」

「ああ。よくわかったな」

よくわかったとも。

君は立派なシスコンだと。

まあ、ネルレイシアは体が弱い上に寿命が短いというから、兄として心配するのは当たり前のことだとは思うけど。

「精霊使いを三人も連れて、ちゃんと準備して出かけたんでしょ？　きっとだいじょうぶだよ。それで、妹ちゃんはなんでそんないきなり旅立っちゃったの？」

「理由はわからん。知らされたのは目的地と、昨日の昼に宮を出たということだけだ」

「そうかー。それじゃあ妹ちゃんの話については、とりあえず保留で。元老院との話し合いがどうなったのか、よかったら聞かせてもらいたいんだけど、いい？」

話題を変えると、「ああ」と答えたイールの声が、少しだけ落ち着いた。

「元老院の大老の一人である、クマの一族の長老と話した。結論としては、彼らはそれぞれの一族を指揮して内密に第三皇女を探すということで、もうすでに決まっている。今からこの決定を変更することはできないそうだ」

「それじゃや、傭兵ギルドへの捜索《そうさく》依頼は出せないの？」

「ああ。ヴァングレイ帝国から協力を求めることはできない。だが、わたしが個人的に傭兵ギルドと話をすることについては、止められることも注意されることもなかった」

「つまり、国として協力を求めることはできないけど、イールが単独で傭兵ギルドと接触するのは黙認するってこと？」

「おそらく。目を閉じておいてやるから、内密にうまくやれ、という意味だろう。ネルと合流したら、『皇女の鳥』の誰かを傭兵ギルドへ行かせようと思っている」

ともかくイールの優先事項の第一位は、妹に会うことのようだ。

こちらの状況（風の谷の魔物は排除完了。聖域で風の大精霊と契約するべく西に向かう天音《あまね》と別れ、あたしはレグルーザとサーレルオード公国の首都目指して移動中）を簡単に伝えると、「妹ちゃんに会えたら、また連絡して」と言って、話を終えた。

「おとうさん、いっちゃった」としょんぼりしっぽをたらしたジャックを、よしよしと撫でてなぐさめる。

それほど長期間一緒にいたわけじゃないのに、なんで君、そんなにイールになついてんのかなー？

よくわからなかったが、ともかくジャックをなぐさめながら、レグルーザに言う。

「今、イールから連絡が来たの。妹の皇女が空船《スカイ・シップ》で竜骸宮を出たんだって」

「皇女が宮から出たのか。それは珍しいな」

レグルーザも驚くくらい、めったにしないことみたいだ。

それじゃあお兄ちゃんは、かなりビックリしただろうなー。

イールの慌てっぷりを思い出して同情しつつ、レグルーザに北の様子を話す。

彼は帝国の元老院の反応に、やはりそうなったか、と納得した様子で頷いた。

「帝国では昔から、皇族に対する民の忠誠心が強い。それに獣人というのはたいてい誇り高く、頑固だ。己の主に関わることで、他者に助けを求めるのを良しとはしないだろう。おそらく『紅皇子《クリムゾン》』が傭兵ギルドと話すのを黙認する、とされたのは、皇子が直接、大老と会ったためだろうな」

「イールが会いに行ったから、大老が譲歩《じょうほ》したってこと？」

「確証はないが、そうでもなければ許さんだろうとは思う」

「ふぅん？　でも、ネルレイシアはわりとあっさり準備万端で旅立っちゃった感じだし、イールは直接会いに行ったら大老に譲歩してもらえるし。帝国の獣人って、忠誠心は強いのかもしれないけど、竜人に弱いっていうか、甘い？」

「俺は旅暮らしで、長く一所《ひとところ》に留まって住んだことがないからな。詳しくはわからん。お前がヴァングレイ帝国へ行った時、実際に見てみるのが一番だろう」

「あー。たぶん、いつかヴァングレイ帝国にも行くことになるんだろうねー」

「北は寒く、厳しい土地だ。行く時には十分な備えが要るだろう。だがまずはサーレルオード公国と、その手前のシャンダルだ。明日もまた飛ぶからな。もう休めよ」

「ん。そいじゃ、おやすみー」

「おやすみ」

レグルーザがホワイト・ドラゴンの方へ歩いていくのを見送って、毛布にくるまる。

夜風はそろそろ冬を感じる冷たさで、焚き火の暖かさをありがたく思う時期。

あたしはしっかりと毛布を体に巻きつけ、ジャックのお腹の毛並みにもふもふと埋もれると、星空の下でまぶたを閉じた。

◆◆◆◆第八十四話「水上都市シャンダル。」

〈異世界四十八日目〉


今日も朝からドラゴンに乗って、空の上。

しばらく飛んだところで、レグルーザが言った。

「リオ。まだしばらく先だが、見えてきたぞ。川の水が太陽の光を反射して輝いているだろう。あれが国境の大河だ」

「んん～？　遠くの方でなんかキラキラしてるような気もするけど、よくわかんないなー？」

あたしよりずっと目がいいレグルーザが、昼頃には着くだろうと言うので、休憩に降りたときに白魔女の衣装を取り出した。

小川の水を飲むホワイト・ドラゴンの影で着替えながら、向こう側でナイフの手入れをするレグルーザに聞く。

「シャンダルって川の真ん中にあるんだよね？　ドラゴンで着陸するの？」

「いや、それは無理だ。空船《スカイ・シップ》を使う盗賊を警戒して、シャンダルは空からの侵入を拒む魔法の防御壁で、都市全体をおおっている」

「なるほど、盗賊対策。確かに、商人とか貴族とか、お金持ってそうな人達が集まるところなら、そういうのは要るよね。でも、空からがダメってことは、シャンダルへ入る方法は船だけ？」

「ああ。イグゼクス王国側にある船着き場から、船で行く」

そして用事が済んでシャンダルから出る時は、船でサーレルオード公国側の船着き場へ行く、という予定らしい。

了解です、とうなずいて、着替え終わったよーと報告。

邪魔になりそうなとんがり帽子と仮面以外、白魔女の衣装を着て銀狐《ウィンド・フォックス》のマントをはおった姿を見せると、ナイフを片づけて立ち上がったレグルーザに訊かれた。

「仮面と鈴はどうした？」

「え？　今から要る？　……っていうか、鈴もつけるの？」

「帽子はいいが、仮面はその衣装を着たら必ず身につけるものとして、習慣づけておいた方がいい。それと、もし誰かに仮面をとられた場合、何か起きるよう魔法をかけておくことはできないか？」

「誰かに仮面をとられる場合か。それ考えてなかったねぇ。んー……。それなら、あらかじめ設定した条件で発動する魔法がいいんじゃないかな。条件は〝仮面がはずれた時〟で、発動するのは〝姿隠しの魔法〟。これなら仮面をとられた瞬間、あたしの姿は魔法で消える」

それがいい、と賛成するレグルーザに、ふと思いついて「幻影の魔法で、仮面をとられたら幻の爆発が起きるようにもできるよ」と言うと、まじめな顔で「大騒動になりそうだからやめておけ」と返された。

冗談だよと笑ってみせると、「お前は本気でやりそうだから笑えん」と言って、確認してくる。

「発動させる魔法は姿隠しだ。こんなところで遊ぼうと思うなよ」

「だいじょうぶ、わかったって。ちゃんと姿隠しにしとくから」

苦笑まじりに答えて、話を変えようと先の質問に戻った。

「それはともかく、レグルーザ。鈴もつけるの？」

「あれは独特の音だ。何かが起きてお前の姿を見失った時、音を頼りに探し出せる」

なんだろう、それ。

よく動き回る子どもを連れて出かける時、ピコピコ鳴る靴をはかせる親とか、放し飼いにするネコの首輪に鈴をつける飼い主の心理？

「いやいやいや。砂場で遊ぶ子どもじゃないしネコでもないから、できれば鈴つきは遠慮したいんだけど」

「大人でも、はぐれる時は一瞬ではぐれる。とくにシャンダルの劇場前や市場は混雑するからな。

いちおう用心しておいた方がいい。音さえ鳴れば、どこでもいいんだ」

つけておけ、と言われるのにむっつり黙りこみ、どうしたもんかと考えて、ふと思いついた。

赤いリボンに通された金色のちいさな鈴を取りだして、腰に帯びた短剣の鞘に結びつけ、心の中で自分に言い聞かせる。

コレはストラップ。携帯ストラップならぬ短剣ストラップだけど、ストラップだから問題ナイ。

歩くとリンリン音が鳴るのを確かめ、レグルーザが「よし」とうなずいたので、仮面に魔法をかける作業にとりかかった。

幸いそれほど難しい魔法ではなかったので、作業は短時間で終了。

ちょっと休憩してからその仮面を装備して、またドラゴンに乗る。


昼過ぎ頃、シャンダルク行きの船着き場に到着。

そこは商人や貴族達の通り道と休憩地点として栄える、けっこう大きな街だった。

レグルーザが街からすこし離れたところにドラゴンを着地させると、あたしはとんがり帽子をかぶり、後は歩きで行く。

ローザンドーラへ行く時の山道よりだいぶ歩きやすいところだったので、対岸が見えないほどひろい川の流れる雄大な景色を「おおー」と眺めながら、のんびり歩いた。

そうしてしばらく歩いて街に入ると、ちょうどごはん時をすこし過ぎた頃で、あちこちからおいしそうな匂いが漂ってくる。

お昼ごはんはシャンダルの傭兵ギルドで食べる予定だったけど、その匂いに反応して育ちざかりのあたしのお腹がきゅるきゅるくーと切なく鳴くので、レグルーザは道中にあった露店で何か買ってこいと指差した。

「おばちゃーん、それ一袋くださーい」

「あいよ。熱いから気をつけなー」

サツマイモと栗を合わせたような味のイモの揚げ菓子を、一袋購入。

はふはふ言いながら吹き冷まし、歩きながらまぐまぐ食べるあたしを連れ、レグルーザは街を通り抜けて船着き場へ行くと、先払いでお金を渡して停泊中の船の中の一隻へ乗った。

「へふふーはもはへる?」

「口の中にものを入れたまま喋るな。何を言っているのかわからん」

「んく……、ん。飲み込んだ。で、レグルーザも食べる?」

たくさん買いすぎて食べきれない、と言って紙袋を差し出すと、レグルーザもお腹がすいていたのか、大きな手で器用にイモをつまんで口に放り込んだ。

基本は肉食な大トラだけど、彼は意外と野菜や果物もよく食べる。

そうしてもぐもぐと二人でイモを食べている間に船が出港すると、しばらくして川の真ん中にそびえたつ城が見えてきた。

水上の都市国家、シャンダル。

白っぽい石で造られた土台の上に、大小様々な石造りの建物があり、色鮮やかな布があちこちでひらひらと風に舞っている。

中央には芸術品のような城、街の中はいくつかの高い壁で仕切られていて、その壁や建物の間を縦横無尽《じゅうおうむじん》に流れる水路が主要通路のひとつ。

長い木の棒をたくみに操って小舟を進める船頭達の頭上に、水路をまたぐ橋がかけられている。

他の人にどう見えるのかはわからないけど、あたしの目にその優美な水上都市は、緻密《ちみつ》に組み上げられた魔法のドレスをまとってたたずむ貴婦人のように映った。

空船《スカイ・シップ》を使う盗賊を警戒して、都市全体に防御壁が張られているというのは聞いていたけど、そのほかにも川の増水や豪雨、強風から都市を守るための魔法が組み込まれている。

重ねがけされた、いくつもの魔法。

けれどそれらはムリなく調和していて、美しい和音を響かせるように機能していた。

「降りるぞ」

低い声にうながされ、我に返る。

いつの間にか船がシャンダルの船着き場に到着していて、魅入《みい》られたようにじいっとその都市を見あげていたあたしを、レグルーザが見おろしていた。

「うん。今行くー」

イグゼクス王国側の船着き場に降りると、そこはU字型の桟橋の端で、向かいにサーレルオード公国側の船着き場があった。

きょろきょろと辺りの様子を見ながら、出入り口に向かう人々の中を、レグルーザと一緒に歩いていく。

そうして都市に入ると、商人や貴族や大道芸人、傭兵や魔法使いや彼らの連れの小型動物と、イグゼクス王国の王都並みに人が多い上に道幅が狭いので、すごく混雑していた。

けれど背の高いトラの獣人は、さして苦もなく人ごみの中を進んでいく。

周りの人がびくっとして身を引くので、彼の前には何もしなくても勝手に道ができるのだ。

あたしはその後についてとことこ歩きながら、にぎやかな露店が連なる大通りの様子を眺めていたが、しばらくして奇妙なものに気づいた。

姿隠しの魔法をかけられた、蝶？

凝った作りのステンドグラスみたいな翅《はね》を持つ蝶が何匹も、露店の屋根や店の看板の上など、通りのあちこちにとまっている。

それらは綺麗な翅を時々ひらひらと動かしていて、生きた蝶のように見えるが、たぶん精巧《せいこう》に作られたニセモノだ。

どんな構成かはよく見えないが、どの蝶もいくつかの魔法をふくんでいる。

あれはいったい、何だろう？

不思議に思ってふらりとそれに近づきかけたところで、振り向いたレグルーザに「どこへ行くんだ」と襟首を掴まれて引き戻された。

首が締まり、ぐえっとカエルが潰れるような声をあげたあたしの体を、がっちりとしてふとい腕がなぜかそのままひょいと持ちあげる。

わけがわからなかったが、とっさに彼の肩につかまると、低い声がささやくように言った。

「口を閉じていろ」

返事をするヒマもなく、直後、声をかけられた。

「うわ！　あんたらもしかして『神槍』と『銀の魔女』？　クロニクル紙で見たよ！　『茨姫』倒したって！」

「いや、倒してはいないんじゃなかったか？　でも『茨姫』に勝ったんだよな。ローザンドーラかその近くにまだいるんじゃないかって聞いてたけど、本物？」

「すげー！　『茨姫』って『黒の塔』の幹部だろ？　どうやって勝ったんだ？」

傭兵と思しき数人の青年達にあっという間に囲まれ、一気に大騒ぎになった。

目を細めてぶらりとしっぽを揺らしたレグルーザは、誰の声にも答えず、あたしを片腕に抱いて足早に通りを歩いていく。

そういえば『茨姫』に勝ったのって、本当はイールだけど、あたし達だってことになってたっけ。

それがクロニクル紙に出て、ちょっとした有名人状態になっているらしい。

「おー！　『神槍』レグルーザ!!　俺と手合わせしてもらえませんかっ？」

「『銀の魔女』さん、何で仮面なんかつけてんのー？」

「うわ、『黒の塔』幹部に勝った人なんて初めて見た。ホントにホンモノ!?」

ハイテンションで大騒ぎする一団はよほどヒマなのか、傭兵ギルドの支部と思しき建物に入っていくレグルーザについてくる。

そしてあたし達がそこの食堂で昼食をとろうとすると、いつの間にかその周りで。

「『神槍』と『銀の魔女』にカンパーイ！」

と、宴会が始まっていた。

……うん？

◆◆◆◆第八十五話「ハーディンの誉れに乾杯。」

「我らが『神槍』にかんぱい！」

「新たなる星、『銀の魔女』にカンパーイ！」

「ハーディンの誉《ほま》れに乾杯！」

遅めの昼食をとっていたら、早めの宴会場と化してしまった傭兵ギルドのシャンダル支部、食堂。

えんえんと乾杯し続ける傭兵達から「あんたも飲みなー！」と渡された酒杯を、向かいに座ったレグルーザに一秒の間もなく没収されながら、ひとつ質問した。

「レグルーザ、ハーディンて誰？」

あちこちで乾杯するたび、聞き覚えのないその名前が出されるので、気になったのだ。

大トラは手にした酒を水のようにぐびっと飲んでから、教えてくれた。

「ハーディンは傭兵ギルドの紋章《エンブレム》、『双剣の狼』のことだ。双剣の狼《ハーディン》の誉れに乾杯というのは、傭兵ギルドの栄誉をたたえる、という意味で使われる傭兵達の宴会の決まり文句だな。ギルドの創設に関わった実在の獣人の名らしいが、詳しいことは知らん。オオカミの顔が横を向いているのは、ハーディンが隻眼《せきがん》だったからだという、真偽のわからん話を聞いたくらいだ」

あたしは魚と野菜のスープをもぐもぐ食べながら、「ふうん」とうなずいた。

ドクロマークの海賊旗を、ジョリー・ロジャーと呼ぶようなものかな。

傭兵ギルドの創設の裏には二代目勇者がいるっぽいので、ハーディンというひとは彼の関係者かもしれないけど、今はまあいいや。

それより魚がすごくおいしい。

さすがは大河の上の都、どの料理の魚も新鮮で身がぷりぷりしてて、口の中でほわっと甘くほぐれる感じがたまらない。

しかも交易の拠点になっているおかげか香辛料の種類が豊富で、味付けがバラエティにとんでいて、ついついいろいろ食べたくなる。

そこにまた酔っぱらいのにーちゃん達が、これも食えあれも食えといろんな料理の皿をもってきてくれるので、ひたすらにまぐまぐと口を動かしていた。

うん。しあわせ。

そうしてあたしがいろんな料理をおいしくいただいている間、レグルーザは支部の人に紹介された傭兵見習いの少年に買い物を頼んでお金を渡し、知り合いと思しき人とお酒を飲みながら情報交換。

酔っぱらった傭兵達から「『神槍』のアニキ、『闘技場』で勝負してくれっ！」と熱烈に誘われてモテモテだったけど、それを適当にあしらいながらサーレルオード公国の様子を聞いている。

最近の公国はどうも大公家でもめ事が起きているらしく、それに便乗してあやしい地下組織が絶賛暗躍中だそうだ。

それは『黒の塔』とは違う地下組織で、名前は『聖大公教団』。

初代勇者で初代大公だった人を聖ザハトと崇《あが》め、彼の残した聖遺物と呼ばれる遺品を集めて復活させようという集団だそうで。聖遺物を盗もうとしたり、彼を復活させるための器としてその血筋を受け継ぐ大公家の人を誘拐しようとしたり、死者復活の練習をしたりするのが主な活動内容。

レグルーザ達が話す向かいで、もくもくと料理をたいらげながら小耳にはさみ、初代勇者の名前はザハトっていうのか、と今さら知った。

興味なかったから、名前はスルーしてたなー。

しかしまた、面倒くさそうな国だ。

あたしが巻き込まれるようなことはないだろうけど、三代目勇者の天音《あまね》は頭からつま先まで、一瞬でかぷっと飲み込まれそうな気がする。

もしもの時にそなえて、あたしも情報収集していこう。

満腹になったところで、食後のデザートにみずみずしい果物をいただいていると、お皿の回収にきた給仕のおねーさんに訊かれた。

「お二人も『幻影卿《げんえいきょう》』を捕まえにいらっしゃったんですか？」

あたしは誰それ？　と首をかしげ、レグルーザは「いや」と答えたけど、彼女の一言で周りの酔っぱらい達がいっせいに騒ぎだした。

「あのヤロウ、いつまで待たせるつもりだ！」

「今回の予告状が出たのは六日前だろ？　長い時は十日くらい後で来たってんだから、のん気なヤツだぜ」

「出たら俺が捕まえてやる！」

「アホかお前。『幻影卿』捕まえるにゃ、魔法使いが仲間にいねぇとムリだぞ」

「そんなモン、やってみなけりゃわかんねぇだろ！」

訳がわからないまま聞いているあたしの隣で、空の皿やコップを積み上げて回収したおねーさんが、ふっと笑って言った。

「まあみんな、ほどほどにやられてくるといいわ」

傭兵ギルドの一員のくせに賞金首の味方をするのか、と大ブーイングが起こったが、おねーさんは動じない。

「『幻影卿』はすてきな大怪盗よ。盗む相手は悪人だけ。貧しい人達に富をわけ、誰も殺さず、傷つけようともしない。しかも騒ぎを起こすお詫びとして、舞台となった街の人達にみごとな幻影を見せて楽しませてくれる紳士。そんな彼と、彼の首にかかった高額賞金目当てのひと達じゃ、どちらを応援するかなんて決まってるでしょ？」

にっこり笑う顔は大迫力で、先まで「かならず捕まえてやる！」と息巻いていた男達は、「俺達はべつに悪人を守ろうとしてるわけじゃ」ともごもご言いながら視線をそらした。

おねーさん、すげー。

そして解説ありがとうございます。

なんとも、お約束満載《まんさい》の世界だなぁ……

のんびり感心していると、おねーさんは「二階のお部屋の支度ができましたので、いつでもどうぞ」と言って、足取りかるく厨房の奥へと戻っていった。

レグルーザに聞くと今日はここで休むというので、まだ明るいけど一度部屋で寝てくることにした。いっぱい食べてちょっと疲れたから、お昼寝。

レグルーザはまだしばらくここにいるというので、別れてひとり、二階に上がる。

二つのベッドが置かれただけの殺風景な部屋に入ると、白魔女衣装を脱いで亜空間に放り込み、楽な服に着替えてベッドにもぐった。

すとんと眠りに落ち、夢も見ないくらい熟睡して、ぱちっと目が覚める。

あたりは薄暗く、階下は騒がしい。

そろそろ晩ごはんだとお腹がきゅーきゅー鳴いて教えてくれるので、また白魔女になって部屋を出た。

今度は何を食べようかな～、と考えながら階段をおりていくと、ちょうど食堂で男達が歓声をあげるのにでくわした。

彼らの中心にいるのは、からの杯を高々とかかげるレグルーザだ。

ちょうど飲み比べで十二連勝したところだそうで、拍手喝采《かっさい》をあびるその姿に「なにやってんの、君」とか思ったけど、まあたまには遊びたいよね。

次は俺が挑戦する、いやおれが先だ、とにぎやかな彼らを遠巻きにしてカウンター席へ座り、奥のおねーさんに隣のおっちゃんが食べてるのと同じのくださいなと頼んだ。

そうしてありついた晩ごはんをまたおいしくいただいていると、ふと耳元でしゃりんと涼やかな音がして。

ふわりと幻想的な輝きをまとってあらわれたのは、白金の美女。

《宴《うたげ》か》

お酒の匂いにつられて人型になったと思しき、幻月《げんげつ》の杖に宿る月の精霊だ。

ああ、こんなところで出てきたら……

「うおおぉぉぉぉ！」

「すげー美人！」

「一杯いかがっすかー！」

むさくるしい男の群れの中に、いきなりこんな美女が登場すりゃそうなるわなー。と、納得の勢いであれよあれよと取り巻かれつつ、ゆったりとした足取りでなぜかレグルーザの前に座るルナねーさん。

え。なに、挑戦するの？　大トラｖｓ《バーサス》月の精霊の飲み比べ？

……うーむ。

十二連勝後のレグルーザが不利かな。

頭の中でルナの勝利に魚の串揚げ一個を賭けたところで、勝負開始。

「双剣の狼《ハーディン》の誉れに乾杯！」

傭兵ギルド式の合図が叫ばれ、レグルーザとルナが酒杯を傾けた。

◆◆◆◆第八十六話「幻影の宴。」

「七杯目いったー！」

「おおぉー！」

酔っぱらい傭兵達がにぎやかに実況する中で、白金に輝く美女はやすやすと酒杯を空にした。

ルナは精霊が人型になっているものだからか、アルコール度数の高い酒を七杯飲んでも、なめらかな頬に赤みがさすことはない。

ただ、まとう空気が満足げにゆるんできて、その様子がなんとも艶《なま》めかしいので、周囲の男達の顔がひじょうに情けないものになっている。

一方、対戦相手のレグルーザは、だいぶ酔っぱらってきているらしい。

白銀と黒の毛並みで覆われたその顔色はわからないが、目がとろんとして、杯を持つ手がちょっとふわふわした感じになっている。

しかし、これはルナの勝利に賭けた魚の串揚げ一個、追加注文しても良さそうだな、と思いながらのんびり見物していたあたしの予想は、いきなり食堂に飛び込んできた男の声で外された。

「『幻影卿』が現れたぞー!!」

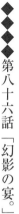

その待望の報せで、レグルーザとルナの飲み比べは自動的に打ち切りとなり、傭兵達はいっせいに武器や酒ビンや料理を持って立ちあがる。

「とうとう来たか！　ぶちのめしてやる！」

「おっしゃー！　祭りじゃー！」

「長いこと待たせやがったんだ、そのぶん楽しませてもらうぜ！」

そんな大騒動のなか、レグルーザはあたしを見て「ふぅ」と諦めたようなため息をついた。

なんだろう。何も言われてないのに、今すごく「それ違う」と主張したい気分になったんだけど。

あたし達が一泊しに来たタイミングで『幻影卿』が出たのは、完全なる偶然！

……と、いうことにしておこうよ（遠い目）。

どうでもいいところでちょっと落ち込みつつ、片手に魚の串揚げ、もう片方にはお茶のカップを持って、あたしもみんなと一緒に表へ出た。

有名な魔法使いだという『幻影卿』がどんな幻影を作り出すのか、ごはんを食べながら見物させてもらおうと思ったのだ。

『幻影卿』はまだ現れたばかりのようで、あたし達が外へ出た時、彼はちょうど高い塔の上からあいさつを始めるところだった。

「紳士淑女に良い子悪い子、その他偶然お集まりの皆様、ご機嫌よう！　わたくしは『幻影卿』と呼ばれております、しがない魔法使いでございます」

夜風にゆれる長い白髪、顔全体を覆い隠す黄金の仮面、手にはきらびやかな黄金の杖。白いスーツに裏地が赤の白マントをまとったその男は、自称「しがない魔法使い」にしては、ずいぶんと派手だった。

ちなみに高い塔の上にいる彼の言葉が問題なく聞き取れるのは、風属性の魔法を音声拡張機《スピーカー》のように使って、広範囲に自分の声を届かせているからみたいで、なかなかおもしろい。

「今宵《こよい》は皆様の周りを少々お騒がせしましたお詫びに、ささやかではありますが座興を用意いたしました。気が向かれた方はどうぞ一時、月下に舞う夢幻の世界をお楽しみください」

待ってました！　と歓喜する街の人々へ優雅に一礼すると、『幻影卿』は黄金の杖をふわりと空へ放った。そして空いた両手をパンッと一回、打ち鳴らして呼ぶ。

「ラビット・カルテット！」

黄金の杖が空中で四つに分かれ、ふわふわと空を飛ぶその光から四羽のウサギ（翼付きのぬいぐるみ）が登場。

主の『幻影卿』とよく似た衣装をまとったぬいぐるみのウサギ達は、白い翼で自由自在に飛びながら、それぞれ手にした弦楽器をかまえる。

「〈幻影展開《イリュージョン・オープン》〉」

続く呪文に呼応して、通りのあちこちからいっせいに舞いあがったのは、姿隠しの魔法をかけられた蝶達だ。

ステンドグラスのようにきれいな翅をひらひら動かして飛びながら、『幻影卿』が仕込んだ幻影の魔法を街中に展開させる。

蝶は姿隠しの魔法がまだ有効になっているようなので、人々には何もないところから幻影が現れたように見えただろう。

それと同時にウサギの弦楽四重奏《ラビット・カルテット》が演奏を始め、しろい月明かりの下で幻影の宴が幕を開けた。

街の人々が見あげる空中へ、はじめに現れたのは一人の美しい娘と、たくさんの愛らしい子ども達。四羽のウサギの演奏に合わせて、たおやかに楽しげに舞い踊る。

そこへ訪れる、白馬に乗った黄金の鎧《よろい》姿の輝ける騎士。

彼は美しい娘に一目惚れして、彼女のそばへ行こうとする。

こまったように微笑み、ひらひらと舞いながら逃げる娘と、追いかける騎士。

その周りでころころと笑いながら踊る子ども達。

しかし、騎士が娘へ伸ばした手がようやく届こうかというその瞬間、激変する音楽。

唐突に現れたのは灰色の魔物、三頭犬《ケルベロス》。

美しい娘は巨大なケルベロスにさらわれ、時計塔の上に現れた檻《おり》の中へ囚《とら》われてしまう。嘆き悲しむ子ども達をなぐさめ、騎士は白馬の上で剣を抜くと、娘をさらった魔物に戦いを挑んだ。

人々の頭上で騎士とケルベロスの決闘が繰り広げられ、ぬいぐるみウサギ達の奏でる音楽が華やかにそれを盛りあげる。

一方、現実では屋根の上をひらひら跳び渡る『幻影卿』と、彼を捕まえようとする人々（シャンダルの警備兵の他に、傭兵ギルドの酔っぱらい連中も入ってる）が追いかけっこの真っ最中。

見物する人々はケルベロスと戦う騎士を応援したり、追いまわされる『幻影卿』に「捕まらないで！」と声援を送ったりで、もう大騒ぎだ。

あたしはそのへんにあった樽に座って魚の串揚げを食べつつ、個人的に「ケルベロスを悪役にするのはやめてくれ」と言いたいと思う。

うちの愛犬もケルベロスなので、どれだけみごとな幻影だろうと、悪役にされてるのが気に入らない。

むー、と不機嫌になっているあたしに気づくと、右隣で酒ビン片手に見物していたレグルーザが「気にするな」と声をかけた。

ちなみに左隣に座ったルナは、若い傭兵の一人に酒をついでもらいながら、のんびりと飲んでいる。

「ケルベロスは魔王の配下として有名だ。歌劇に登場することもよくある」

「うーん。悪い意味で有名なんだねー」

レグルーザの言葉に、どうしようもなくため息がこぼれた。

ジャックが繭の中にいる時、もっと世間一般の皆さまに愛される動物の姿を思い浮かべておくんだった、という後悔がよみがえる。

今は一つの体に三つの頭があるケルベロスだが、元は三匹の、シャドー・ハウンドという魔獣だった。彼らは不運にも『茨姫』ロザリーに捕まって体の輪郭を失うはめになり、一つの黒い塊と化す。そして、たまたまそれを見たあたしが「三匹の犬が一つになるってことは、ケルベロスでも出てくるのかな？」と思ったせいで、そのように再誕してしまったのだ。

申し訳なく思いながら〝闇〟の中へ意識を向けると、夜になって目を覚ましたジャックが、あたしの視線に気づいて「ん？」と首をかしげた。

なんでもないよ、と〝闇〟の手でふわふわした毛並みを優しく撫でてやると、気持ち良さそうにごろんと寝転がる、うちの可愛いケルベロス。

そうしてジャックが地上を見ないよう遊んでやりながら、お茶を飲みほしたカップに空串を放り込んで隣へ置き、いよいよクライマックスを迎える幻影劇を見あげた。

なんとかケルベロスの首を二つ斬り落とした騎士。巨大な魔物をあと一歩で倒せる、というところまで追いつめる。

しかし残る一つの頭はしぶとく抵抗し、わずかな隙をついて騎士の剣を鋭い牙で噛み砕いてしまった。

武器を失い、なすすべもなく逃げまどう騎士を、檻の中から悲痛な顔をしてハラハラと見守る娘。

追う者と追われる者が一転し、ケルベロスは猛攻に出る。

そして街中を駆けまわって逃げる騎士は、間もなくその牙に追いつめられて死を覚悟した。

そんなギリギリのところで、なんと『幻影卿』がみずからの幻影劇の中へ乱入。

魔法の楯でケルベロスの攻撃から騎士を守り、新たなる剣を与えて彼を助け起こす。

起きあがった騎士は魔法の剣を手に、とうとうケルベロスを退治した。

四羽のウサギが高らかに勝利を奏《かな》で、檻から解放された娘は命がけで助けてくれた騎士に抱きつく。

そして子ども達が喜びに踊る輪の中で、騎士の頬に感謝のキスをした。

ハッピーエンドを迎えた幻影劇に、街中からわき上がるような拍手と歓声が起こる中、あたしはひとり別の意味で涙目だ。

「レグルーザ、ケルベロスが退治されちゃったよ……！」

「他にどんな結末があると思っていたんだ」

つれない返事にムカッときて、べしべし背中を叩いたが、鍛えあげられたトラの獣人は頑丈でびくともせず、叩いた手が痛くなっただけだった。

くぅ。今だけレグルーザ並みの腕力が欲しい。

とか、痛くなった手をさすりながら思っていたら、急にふわりと体が浮いた。

……う？

見れば軽々とあたしを抱きあげたルナが、とん、と跳んで向かいの家の屋根へ上がる。

そして何を思ったか、塔の上で人々からの歓声に手を振る『幻影卿』へ言った。

《『幻影卿』。我が主が、これよりそなたに幻影の術比べを挑む》

風属性の腕輪の力で声を広く響かせて、問う。

《受けるや、否《いな》や？》

どよめく人々と一緒に、というか、たぶんあたしが一番驚いた。

何がどうして術比べ？　まだ杖で魔法使ったことすらないんですが。

「いやいやいや、ルナさん。ムリだと思うよ、術比べとかいきなり言われても」

風の魔法に干渉して周囲に声がもれないよう遮断してから抗議すると、あたしを抱っこしたままルナが言った。

《これまで主となった者達は、よろこび勇んで我を手にし、魔法の鍛錬にはげんだ。しかし、そなたはいっこうに我を手に取ろうとせぬ。我が身は精霊なれど、ライザーとの契約により、今は人のための道具として在る。だが求められず、使われぬ道具に何の意味があろう》

つまり、せっかく契約したのにいつまでたっても使われないのが気に入らないので、『幻影卿』にケンカ売って強制的に自分を使わせることにしたわけか。

君はあたしの手元にあるだけで傭兵ギルドとの橋渡し役になってくれてるから、のんびりしてていいんだよー。

あと、もうちょっと穏便《おんびん》にすねてくれるなら、いくらでも人のいない場所で魔法の練習するよー。

……とか、今言っても意味ないよね。

さて、どうしよう。

返す言葉は見つからず、じりじりと追いつめられていくのを感じながらも、街中の人々から視線を向けられている状況で逃げるに逃げられず。

うう、とうなるあたしに、ルナは容赦なく流し目つきで問いかけた。

《この先を、道具たる我に言わせるのか？》

どうも、所有者としての甲斐性《かいしょう》が足りなかったあたしが悪いらしい。

ここまで言われたらやるしかないか、と半分腹をくくりつつ最後の抵抗に、旅の助言者《アドバイザー》がこの無茶を止めてくれはしないかと視線を転じれば、いつの間にか傭兵ギルドの支部の屋根に上がってどっかりと座っている大トラ。

見物に最適な一等席を確保してぐびぐびと酒を飲み、あたしの視線に気づくと「うむ」とうなずいて、「やるからには勝て」と声援を送ってくれる酔っぱらい大トラ。

ああ、ムリだ。酔っぱらいに期待はできない……

いつもはあたしもそっち側にいるのになぁ、とため息をついて、ルナに呼ばれるのに意識を切り替える。

《主よ》

うん。まあ、こうなったらもう、しかたがないよね。

相手はケルベロスを悪役にしてくれた人だし。ストレス発散に、ちょっと遊んでもらおうか。

ルナの腕からおろしてもらい、自分で屋根の上に立って風の宝珠《オーブ》を通じて風の精霊の力を借りると、口を開いた。

「『幻影卿』。改めて『銀の魔女』より、幻影の術による勝負を挑みます！」

風の精霊の力で街中に響き渡った声に、『幻影卿』が答える。

「おや。噂の『銀の魔女』どのからの挑戦とあっては、断れませんね。その勝負、お受けしましょう！」

ノリのいい街の人々は、何かおもしろいことになったようだと歓声をあげる。

そして、よく言うた、それでこそ我が主、と隣で喜ぶ幻月の杖の精霊の声を聞いて、あたしはふと気がついた。

ルナねーさん、酔っぱらってる。

◆◆◆◆第八十七話「勝手に進化させないで。」

「それでは皆様、挑戦者『銀の魔女』どのが編み出す幻影を、大きな拍手でお迎えください！」

みずから進んで拍手して大観衆をあおり、容赦なくプレッシャーをかけてくれる『幻影卿』。

まだ何もしてないのに街中から巻き起こる歓声が耳に痛い。

しかし、そんなものはどうでもいいのだ。

あたしは杖の形に戻ったルナを手に、珍しく「おっしゃー！　やったるぞー！」という気分。

大事なのは、正気に戻って逃げたくなる前に片づけてしまおう、という一点だ。

「それで、ルナねーさん。杖を使う魔法って、どうやるの？」

酔っぱらい精霊は陽気に答えた。

《なに、難しいことはない。そなたがいつもやっているように、魔法を使えば良い。ただ、魔力は我が器たる幻月の杖を通して放出するのだ。それだけのことよ》

うーむ。わかったような、わからんような。

まあ、とりあえずやってみよう。

深呼吸をひとつして、手に持った幻月の杖に意識を集中。

どんな幻影にするかはさほど迷わず決まっているので、それを作り出すための魔法を頭の中で構築し、同時に風の精霊達に干渉、協力を求める。

この音を今、水上都市で空を見あげている、すべての人に届けて。

風の精霊達はあっという間に膨大な数が集まって拡散し、水上都市シャンダルをおおいつくす。

準備完了、後は始まりの音を鳴らして魔法を放つだけ、なのだが。

何だろう？　この、杖とあたしの周りを飛び回るたくさんの光の粒子は？

首を傾げていると、ルナが笑みを含んだ声で言った。

《さすがは我が主。なんとも派手な、〝未熟者の輝き〟よのう》

ルナの解説によると、未熟な魔法使いが杖を使おうとする時、必要以上の魔力をこめると余剰分を杖が受けきれず弾きとばすのだが、その時に発生するのがこの光の粒子で。

ようするにあたしは今、「ここに未熟者がいます！」と叫んでいるかのような状態であると。

なるほど。

どうりで、魔法使いっぽい観客達が「うははは！」と指をさして笑っているわけで。『幻影卿』はぷっと噴き出しかけたのを我慢した後、なまあたたかい目で見守ってくれているわけだ。

まぁ初心者だし、そんなもんでしょ。

光の粒子は無害らしいので、気にせず挑戦開始。

「参ります」

最初に発動させるのは風の精霊達に頼んだ、音の拡散。腰の短剣をコンと叩いて、ストラップの鈴を鳴らす。

リリン、と。シャンダルにその音が響いた瞬間、魔法発動。

「〈幻影展開《イリュージョン・オープン》〉」

夜空に輝ける光の花が開く。

それは魔法によって描かれる、実体のない幻の花火。

シャンダルをおおう魔法の防御壁である結界の中で展開しているから、ちょっと規模は小さいけ

ど、それでもいちおう花火な感じで個人的には満足。

夜の一大イベントって言ったらコレしかない！

本当ならドーン！　という爆発音をとどろかせてみたかったけど、あんまりびっくりさせるのもマズいかなと思って、音はちょうど手近にあった鈴を採用してみた。

リン、リリン。

鈴の音が響くのに合わせて、大小さまざまな形や色の花火を次々と咲かせていく。

ちなみにその間、魔力の調節がどうにもうまくいかなくて、あたしと杖の周りは〝未熟者の輝き〟でうっとうしいほど光り輝きっぱなしだ。

おかげで一部の魔法使い達に大ウケしているらしく、歓声とともに爆笑する声が聞こえてくる。

手が空いてたら何かその辺にあるものを投げつけてやるのに、鈴を鳴らしたり幻月の杖へ魔力を流し込むのに忙しくて動けないのが残念だ。

けれどとりあえず、他の観客には好評だったようで、女性達はうっとり見あげ、子供達はきゃあきゃあと歓声をあげてはしゃぎまわっている。

あたしは自分でもそれなりに満足したので、最後に大きな花火を咲かせると、ゆっくりとその光を街に降らせた。

人々は、受け止めようとかざした手のひらをするりと通り抜け、石畳の道へ落ちて消える光を不思議そうに眺めている。

静かな余韻《よいん》。

それを終わらせたのは『幻影卿』の声だった。

「すばらしい幻影でした！　さすがは『茨姫』を倒した名高き『銀の魔女』どの。とても独創的で、また静寂の余韻の、なんと心に響くことか。これほどすばらしい感性を持つ方は、世界中を旅するわたくしでもめったに巡り会うことができません」

いや、『茨姫』倒せてないし。がんばってはみたけど、しょせんはシロウトの一発芸。

先ほど完成度の高い幻影劇を作り出した魔法使いにこれほど過剰に褒《ほ》められると、「そんなお世辞いらんから」という気分でどうにも落ち着かないのだが、花火の幻影を褒めた『幻影卿』は何を思ったか、意味不明なことを話し始めた。

「ですが、これほどすばらしい魔法使いの二つ名が、悪《あ》しき賞金首が呼んだものとは！　皆様どう思われます？　何ともおもしろくないとは思いませんか！」

ノリの良い人々は即座に同意の拍手で応える。

我が意を得たりと満足げな『幻影卿』が、あたしにとってはひとかけらも嬉しくない提案をした。

「どうでしょう？　今のすばらしい幻影の友とされた鈴の音から、これからは彼女を『銀鈴《ぎんれい》の魔女』と呼ぼうではありませんか！」

ちょっと待って、真剣に。ヒトの黒歴史を勝手に進化させるのはヤメてくれ‼

と、抗議する間も与えられず、巻き起こる賛成の大拍手と、合間に聞こえてくるいくつもの声。

「とっても素敵な幻影を見せてくれてありがとう！　『銀鈴の魔女』さん！」

「『茨姫』が呼んだ名前より、『幻影卿』の考えた名前の方がいいに決まってるわ！　これからはみんなに『銀鈴の魔女』の方を広めていくから、がんばってね～！」

「初心者のわりに健闘したな！　その剛胆《ごうたん》さは称賛に値するぞ、『銀鈴の魔女』とやら！」

みんな順応早すぎ、ノリ良すぎ。

『幻影卿』だって賞金首には違いないんですが。

なんで彼の一言で二つ名（黒歴史確定）が勝手に進化してくれちゃうんだい……

ぐったりした体を幻月の杖でなんとか支え、もう何を言う気力もなかったので、拍手してくれる観客に手を振っておいた。

さあ、次は『幻影卿』の番だ。

早く終わらせて、とっととあたしを帰らせてください。

『幻影卿』はひとしきり皆をあおってあたしに拍手と歓声をおくった後、ようやく自分の元へ注意を引き戻した。

「ではこれよりもう一幕、挑戦を受けて立つといたしましょう。『銀鈴の魔女』どのが天より降らせし光の子ども達に、新たなる命を！」

『幻影卿』の呪文に応じて、姿隠しの魔法をかけられた蝶達が煌めき、先のものとは違う魔法を展開した。

なんだこの多重構造式の魔道具。一匹捕まえてお持ち帰りして、ちょっと分解してみたい。

けど、もうそんな気力ない……。

残念に思いつつぼんやり眺めていると、先ほどあたしが最後に降らせた光と似たようなものが、ふわりと地面から現れた。

光はその場から動くことはなく、ただそこから緑の葉や茎がにょきにょきと生えて成長し、あっという間に大きな花を咲かせた。

その大輪の花から現れたのは、花冠《はなかんむり》をかぶった美しい娘達。

拍手喝采の中、ウサギの弦楽四重奏《ラビット・カルテット》が華やかに演奏を始めると、舞い踊る幻の乙女達につられて観客だった人達もダンスを始めた。

あっという間に、勝負どころではないお祭り騒ぎへと発展する。

勝敗は明白だろう。

『幻影卿』の圧勝だ。

あたしは風の精霊達に魔力を贈り、礼を言って彼らを解放すると、屋根の上に「どっこいしょ」と腰をおろした。

人型になったルナとならんで座り、遠くの塔から手を振ってみせる『幻影卿』へ拍手を送る。

「ごめんね、ルナ。なんか負けちゃったっぽい」

《落ち込むことはないぞ、主よ。そなたの幻影も、十分に美しかった。ただ向こうの方が多くの経

験をつみ、人心の掌握《しょうあく》に長《た》けていたというだけのこと。そなたはまだ若いのだ。これから経験をつんでいけば良い》

気遣ってくれる優しさに癒《いや》されつつ、だからこれからも杖を使う魔法の練習をしていけ、ということなんだろうなぁと思ってため息がこぼれた。

うん、とうなずいて、楽しげな街の人々の様子を眺めていたら、なんだかちょっと物足りなくなってイタズラ心がうずき。

「〈幻影展開《イリュージョン・オープン》〉」

ぽそりとつぶやくと、舞い踊る幻の乙女達と人々の上へ、色とりどりの花びらが降る。

それは街の明かりに照らされてきらきらと輝き、どこからともなく降り続けた。

子ども達が大喜びで走りまわり、みんな楽しそうだ。

たまにはこういうのもいいな。

なんとなく満足していたら、『幻影卿』が言った。

「名残惜しいですが、そろそろ時間となりました。どうやらこの勝負、『銀鈴の魔女』どのの勝ちのようです！」

……は？

「やはり美しい女性には勝てません。またお会いできる日を楽しみにしております」

ぽかんとして見あげるのに、嫌味なほど優雅に一礼する『幻影卿』。

いつの間にか街の幻は消え、四羽の翼付きのウサギのぬいぐるみ達は黄金の杖に戻っている。

「それでは皆様、ごきげんよう！」

その言葉と同時に、シャンダルの上に悠然と浮かぶ空船《スカイ・シップ》が煌びやかな明かりをまとって光り輝いた。今まで無灯火で夜空にとけて、ずっと待機していたらしい。

ありがとう、楽しかったよ、という大拍手を受け、『幻影卿』は白いマントを翼に変えて空へと飛び立った。

が、このまま行けば彼はシャンダルをおおう結界にぶち当たる。

心配した娘さん達はきゃーきゃー騒いだが、しかし、彼は人を拒むはずの結界をするりと通過して、空船《スカイ・シップ》の元へと飛び去った。

皆どうやったのかと驚き、さすがにそこまでは追えない警備兵や傭兵達が悔しがっている。

どんな魔法が展開されているのか、魔法陣の仕組みまで視《み》えてしまうあたしは、ぼへーとしながらつぶやいた。

「おおー。逃げ方もうまいなぁ」

『幻影卿』は皆の注意が空船《スカイ・シップ》の方へ行った瞬間、自分と同じ姿の人形と入れ替わって、姿隠しの魔法で街中へと逃げていた。

そして人形はあらかじめ仕掛けられていた魔法で上空に向かって飛ばされ、結界を通り抜ける直前でその魔法を解除されたけど、勢いがついているからしばらくはそのまま飛んで、結界を抜けたところで空船《スカイ・シップ》にいる誰かが回収。

『幻影卿』は人知れず街中へ消え、空船《スカイ・シップ》は夜天へ飛び去って、幻影の宴は終幕した。

◆◆◆◆第八十八話「楽しみな契約。」

〈異世界四十九日目〉


目が覚めたら昼だった。

くあー、と大きなあくびをして、のそのそ着替える。

昨日は色々あって疲れたので、よく眠れた。

隣のベッドは空だから、レグルーザはもう起きているんだろう。

『幻影卿』の予告状のせいか、いつもこうなのか、傭兵ギルドのシャンダル支部の宿はほぼ満室状態だったので、二人部屋をひとつ借りて使ったのだ。

何度か二人で野宿していることもあって、そのへんあんまり抵抗感はない。

昨夜はとくに、そんなことを気にする余裕もなく、二人とも一瞬で寝てたし。

とりあえずごはんを食べようと、白魔女衣装で一階の食堂へ行こうとしたら、途中で呼ばれた。

「ああ、『銀鈴の魔女』さま。おはようございます」

寝起きの一撃というのは、油断しきっているだけにけっこうくる。

あたしは階段を踏み外しそうになり、あやういところで手すりにつかまって難を逃れた。

声をかけてきたのは、昨日、食堂で給仕をしていたおねーさんだ。

「お、おはようございい」

「今起こしに行こうとしていたところだったので、ちょうど良かった！　どうぞこちらへ。『神槍』さまが先にお会いになられていますよ」

あいさつは途中でさえぎられ、なんだかうきうきと浮かれた様子で、さあ早くと急きたてられる。

あたしは何がなんだかさっぱりわからなかったけど、寝起きにくらった一撃にふらふらしながらついて行った。

そうして案内された先は、応接室。

先客は赤毛の美女とレグルーザだ。テーブルをはさんだ二つの長椅子に、向かい合って座っている。

「今起きたのか？」

「うん。おはよー。お腹すいた」

言うと、レグルーザは案内してくれたおねーさんに食事を運ぶよう頼んでくれた。

その向かいに座った女の人が、にっこりと華やかな笑顔で言う。

「シャンダルのおすすめ料理はたくさんありますが、中でも海鮮スープがとくにおいしいですよ。獲れたての新鮮な魚介類を料理人達が吟味《ぎんみ》して、様々なスパイスで煮込むんです。その日、その時しか出合えない味になります。こちらの料理人も腕の良い方ですから、きっととてもおいしいでしょう」

聞いてるだけでお腹が鳴った。

おねーさんはちょっと笑って「はい、海鮮スープもお持ちします」と答えて部屋を出ていく。

で、この美人さんはどなたでしょーか？

首を傾げていると、シンプルでいて豪華な真紅のドレスをまとった愛嬌《あいきょう》のある美人さんは、長椅子から立ちあがって一礼した。

歳は二十代後半か三十代くらいだろうか。

顔立ちは綺麗というより可愛らしく、お化粧の仕方とかアクセサリーの選び方、服の着こなしが上手い人という印象。

「初めまして、『銀鈴の魔女』さま。わたくしは水上都市シャンダルを統《す》べるダグラス・シェリンガム大議長の妻、エステルと申します」

どうぞよろしく、と笑いかけられるのに、思わず口元が引きつった。

なんでそんなお偉いさんの奥さんが。

そしてその二つ名は、もう固定されてるんですか……

「こちらこそ、よろしくお願いします」

とりあえずあいさつを返してレグルーザを見ると、彼はまぁ座れとあたしを呼んだ。

その声や顔つきで、なんか来ちゃいけなかったっぽいな、と感じたけど、事情がよくわからないので、のこのこ歩いていってレグルーザの隣に座る。

そしてお腹すいたなぁ、と思いつつ二人の話を聞いていると、どうも大議長の奥さんはあたしを雇《やと》いに来たらしいとわかった。

昨日、『幻影卿』に挑戦した時の魔法を見て、ぜひシャンダルで働いてほしい、と思ったんだそうな。

「シャンダルは交易都市であり、観光都市です。人々が品物やお金を取り交わす場を守るのと同時に、より多くの楽しみを提供することを重視しております。ですから、すべての大道芸人はシャンダルの観光局との契約によって保護され、大きな催し物を行う時には総出で盛りあげます。もちろん、シャンダルからの依頼で働いた時には報酬も支払われます」

ふむふむ、とうなずきつつ、頭の中は「はやくごはん来ないかなぁ」の一色。

あたしが適当にうなずくばかりで返事をしないので、レグルーザが熱弁をふるうエステルに言った。

「先にも説明したが、俺の依頼人には一カ所に留まりたいという意志はない。彼女が食事を済ませた後は、すぐに発《た》つ予定でいる」

「それは確かにお聞きしましたが、昨夜の幻影の魔法がすばらしくて、このまま何もしないで見送るのはあまりにも惜しいのです。『神槍』さま、わたくしどもシェリンガム家は『水月《すいげつ》』さまと懇意にさせていただきました。公平に、お互いの利益になる契約を重視する方針はよくご存知のはず。『水月』さまにもお求めになる品を、いついかなる時にもお届けし、あるいは必要と思われる品を各種取り揃えてご用意してまいりました。決して、あなたの大切な依頼人に損害を与えるようなことはいたしません。『神槍』さまからも、どうかお口添えいただけませんか」

エステルの長い話の間にレグルーザが、「ここは商人の国。彼女はその商人達の総元締めという家に生まれた生粋《きっすい》の商人で、母親はシャンダルの裏の支配者だ」とこっそり教えてくれた。

そして大議長のダグラス・シェリンガムは婿養子で、次の裏頭領はエステルに決定済みだそうで。お師匠さまの『水月』がシェリンガム家と何やら取り引きしていた関係で、レグルーザはエステルのことを含めてシャンダルのことをよく知っているらしい。

あたしはふぅんとそれを聞き、昨夜の今日でいきなりスカウトに単騎突撃してくるなんて、なんというフットワークの軽い次期裏頭領だろう、と思った。

愛嬌たっぷりの見た目からは、裏頭領なんて話、まるで思い浮かばないんだけど。

「悪いが、あまりのんびりしているつもりはない。シェリンガム家と師とのことは知っているが、彼女には関わりのないことだ」

話が途切れたところでレグルーザがすぱっと断ると、エステルはあたしの方に向きなおった。

そして立て板に水のごとく、まぁよくそれだけ喋れるなーと感心するほどシャンダルの良いところを語ってくれる。

彼女の言葉をそっくりそのまま信じるなら、ここはこの世の楽園だ。

あたしは話の途中で運ばれてきた料理を遠慮なく食べながら聞いていたが、とりあえず今一番大事なのは元の世界へ帰る方法を探すことなので、シャンダルで遊ぶつもりはない。

海鮮スープはカニやら魚やら具だくさんで、すごくおいしーけど。

「やらないといけないことがあるから、ここに留まることはできないんです」と断った。

でも海鮮スープはまたコッソリ食べに来るかも。

お魚ジューシー、ちょっとピリ辛でうまうま。

そしてしばらく喋って何度も断られ、最終的にあきらめたエステルは、「そうですか」と肩を落として言った。

「とても残念です。もうすぐ行われるシャンダル建国記念の祝祭と、噂に聞いたイグゼクス王国の勇者さま御一行がこちらにいらっしゃった時の歓迎は、ぜひ『銀鈴の魔女』さまの幻影で彩《いろど》っていただきたかったのですが」

ふーむ……

あたしはまぐまぐとカニの身を食べながら、レグルーザを見た。

レグルーザは魚の串焼きを頭からかじりながら、あきらめ顔で横を向いた。

好きにしろってことでよろしいでしょうか。

「えーと、シェリンガムさん？」

「どうぞエステルとお呼びください」

獲物がエサに食いついたことを察知した商人は、華やかな笑顔で答えた。


しばらく後、大きな催し物の時にのみ、エステルが早めに新聞へ個人広告を載せて知らせ、あたしがそれに返答できた時だけシャンダルで働くことを約束した。

勇者来訪の時は必ず呼ぶ、というのを条件に。

おねーちゃん張りきって勇者さまを歓迎するよ！　と、今から楽しみでわくわくしている。

その前に帰還方法が見つかったら、速攻で帰しちゃうだろうけど。

ちなみにシェリンガム家はすべての国の新聞を、発行から数日以内で手に入れられるとのことで、返答はどの新聞に載せてもいいという。

あたし達がその時どこにいるか不明なので、エステルからの呼びかけの個人広告は全紙に載せてもらうことになるのだが、その程度の負担は許容範囲内だそうだ。

そろそろこっちの文字を覚えないといけなくなってきたなー、と思いつつ、呼びかけと応答の言葉が決められたので、忘れないよう紙に書いてもらった。

あと報酬については最初、けっこーな金額を提示されたけど、『銀鈴の魔女』の名を出さないよう頼むとだいぶ引かれて、そこそこの額になった。

名前を出さないことを契約に入れるよう言ったのは、レグルーザだ。

なんだかお師匠さまがその点で、けっこう大変な目にあったらしい。

「そのぶん、『水月』さまにもご納得いただけるだけの利益があったとお聞きしております」

と、エステルは断言したが、レグルーザがとにかく名前を使う許可は出すなというので、契約書は彼の助言に従う形で作ってもらった。

そうして食事と契約を終えると、エステルとは応接室で別れ、あたし達は荷物をまとめて傭兵ギルドシャンダル支部を出る。

見送りに出てきてくれた給仕のおねーさんが、一口サイズの魚と野菜のフライを紙袋につめたものをおやつにくれた。

「ぜひまたいらしてくださいね」

「うん。また来れたら来ます。ありがとー」

『神槍』と『銀鈴の魔女』の出発を聞きつけ、けっこうな人が集まってきて歩きにくそうだったので、来た時と同じくレグルーザに抱えられて、ばいばいと手を振った。

大トラは人波をかきわけてサーレルオード公国側の船着き場へ向かう。

が。

「なんか、すごい混雑してるねー」

「お前と同じ船に乗りたがっている者が多いんだ。俺達が選んだ船に乗ろうとしている。……途中で沈まなければいいが」

「おー。レグルーザ、泳げる？」

大トラはとても不機嫌そうな顔をして答えなかった。

ネコは水嫌いだけど、トラも水、ダメなのかなー。

そんな話をしながら乗れそうな船を探していると、レグルーザは誰かに声をかけられて、軽くうなずくように答えた。

「レグルーザ、お久しぶりね。元気そうな顔を見れて嬉しいわ」

「ラムレイ夫人。お久しぶりです。あなたこそ、お元気そうでなによりです」

人波の中からゆったりとした足取りで現れた妖艶な貴婦人が、二人の屈強な護衛を従えて微笑んだ。

「ああ、なつかしいひとに、こんなところで会えるなんて思わなかった。もし良かったら、すこしお話がしたいわ。こちら側にいるということは、あなた方もサーレルオードへ行くのでしょう。一緒に渡らない？」

なじみの人が一隻貸し切りにしてくれたのよ、と誘うその人に、レグルーザはほっとした様子で頼んだ。

「ありがとうございます、ラムレイ夫人。邪魔《じゃま》でなければお願いしたい」

「邪魔だなんて、とんでもないわ。短い間だけれど、そちらのお嬢さんも、どうぞゆっくりくつろいで乗っていってくださいね」

色気たっぷりの女性なのに、不思議なほど嫌味のない、鳥のさえずりのような澄んだ声で言う。

なんだかとても良い人そう、だけど。

「ありがとうございます」

あたしは答えて言いながら、彼女の肩にとまって時おりひらひらと動く、姿隠しの魔法がかけられた魔道具を。凝った作りのステンドグラスみたいな翅を持つ蝶を、ちらりと見た。

◆◆◆◆第八十九話「魔法研究所への切符。」

レグルーザの知り合い、ラムレイ夫人と一緒に乗り込んだのは、貴族や豪商達のために造られた小さくて綺麗な船だった。

座り心地の良いソファに三人が落ち着くと、それぞれにお茶のカップが配られて、静かに船が動きだす。

「そうえいば、ごあいさつがまだでしたね。はじめまして、『銀鈴の魔女』さま。わたくしはクリステル・ラムレイ。バスクトルヴ連邦の首都に本店を置く、『ラムレイ商会』の会長をしております。どうぞお見知りおきくださいませ」

艶《あで》やかに微笑んで言われ、よくわからないまま「はい。よろしくお願いします」と返事をすると（本日二度目だ）、レグルーザが教えてくれた。

「ラムレイ商会は魔道具を手広く扱っている、数少ない魔法院認可の店のひとつだ。おそらく展開している地域は一番広いだろう。物も確かで、価格も適正だ」

「あなたにそう言っていただけると、本当に嬉しいわ、レグルーザ。おかげで『神槍』さまお墨付《すみつ》きの店と胸をはれるもの」

「そんなことをするまでもなく、ラムレイ商会の名は有名だろう」

「歴史のあるお店だから、たしかに有名ね。でもそのことと、今活躍している、実力のある傭兵に認められてるってこととは、すこし違うの。とても気分がいいんだから」

いたずらっぽく笑い、ラムレイ夫人はお茶を飲んで言葉を続けた。

「先日もね、あなたの活躍は噂でよく聞くけれど、今頃はどうしているのかと主人と話していたのよ。『水月』さまがお亡《な》くなりになられてから、主人はあなたと一度も会えていないから、気にしているの」

「ああ、そういえば、最近は会っていなかった。彼はどうです？」

「相変わらずよ。晴れればまぶしいと文句を言い、雨が降れば古傷が痛むと顔をしかめ、曇りの日は起きる気にならんとごねてベッドですごす」

「そしてなぜだか雪の日だけは上機嫌、か」

レグルーザが言うと、ラムレイ夫人は愛情深い笑顔でうなずく。

「そうそう。いくらか積もった日のことなんてね、もう思い出すだけで笑ってしまう。あのひとったら、うきうき庭へ出て行って、使用人の子ども達と一緒に雪合戦をしてるのよ。もう七十一にもなるのに」

「本当に相変わらずらしいな」

綺麗に結いあげられた雪白の長い髪と、あわい桃色の瞳をした艶やかなこの美人さんはどう見ても二十代だけど、旦那さまは七十一歳らしい。

相手がどの種族かはわからないけど、彼について語る口調は愛情たっぷりなので、彼女的にはかまわないんだろう。

とりあえずあたしは昨日、一匹お持ち帰りして分解してみたいなーと思っていたので、彼女の肩でひらひらしている蝶を捕まえたくて手がわきわきしている。

しかし、レグルーザと親しげに話している人を相手にいきなり飛びかかるわけにもいかず、真っ向から「あなたは『幻影卿』の関係者ですか？」と訊くにもきけず。

蝶を捕まえに行きたいのを我慢してお茶を飲む。

ラムレイ夫人、『幻影卿』と髪が同じ色で、ほどいたら同じくらいの長さになるんじゃないかなー、と思いつつ。

でも、目の前にいる立派な胸ときれいにくびれた腰をしたこの人は、どう見ても女性だよなー、と思いつつ。

うーむ。なんとなく似てるだけで、魔法や魔道具で容姿のどこかを変えているふうもないしなぁ。『幻影卿』については、幻影の魔法やそれを補助する道具の方にしか興味なかったから、彼自身のことはあんまりしっかり見てなかったし。

考えながら黙ってお茶を飲み、時々ちらっと蝶を見るあたしと、なごやかに話をするレグルーザ、ラムレイ夫人を乗せた豪華な船は、しばらくしてサーレルオード公国側の船着き場へ到着。

降りようと立ちあがったところで、ラムレイ夫人がふとあたしに訊いた。

「そういえば、今朝発行されたシャンダル通信の号外は、ご覧になられました？」

今日は起きてすぐ、いきなり現れた大議長夫人の演説を聞きながらの朝ごはんで、その後は寄り道なしでこの船に乗りこんだ。

いいえ、と答えると、ラムレイ夫人はにこやかに一枚の紙を渡してくれる。

「では、こちらをどうぞ。一面を飾った当人が何も知らないのでは、記者や絵師達がきっとがっかりしますわ」

ものすごく嫌な予感がするそれを見れば、なにやら見覚えのある美女がその紙のなかでにっこりと微笑み、ひらりと差し出す手のひらの上に、人形みたいにデフォルメされた仮面の人物をのせている。

おぉう……

思わず深いため息をつき、人型になった月の精霊ルナと、その手のひらにのせられている白魔女衣装のあたしらしき絵を見た。

親切なラムレイ夫人は、その絵とともに書かれている見出しは「『幻影卿』に勝利！　その名は『銀鈴の魔女』！」だと教えてくれる。

ずるりと傾いて、その場でまるまりかけたあたしをひょいと片腕に抱きあげ、「そろそろ行く」とレグルーザが話を打ち切った。

ありがとう、ありがとうレグルーザ……。

「あ、もうひとつ」

笑顔でひきとめるラムレイ夫人。

何を思ったか、ぐったりしているあたしにまた渡そうとしてくるそれは。

姿隠しの魔法を解除された、蝶の形の魔道具。

「『銀鈴の魔女』さま。魔法研究における最高峰、魔法研究所《ウィザーズ・ラボ》へ行くことをお望みの時は、ラムレイ商会へどうぞ」

その時はこの蝶を店の者に渡してくださいい、と言われ、ずっと気になっていた物だったこともあって、つい受け取ってしまった。

魔法院だけじゃなく、そっちにもつながりがあるのか。

それでこれは、魔法研究所《ウィザーズ・ラボ》への切符ということかな。

「ではまた。お二人とも、どうぞお元気で」

なんでこんなものをくれるの？　という疑問の視線には答えず、ラムレイ夫人は艶やかに微笑んで船から降りる。

その後からレグルーザも桟橋に降り、あたし達は船着き場の街から出た。

街から離れると、ホワイト・ドラゴンを呼ぶ。

サーレルオード公国では、騎獣には所有印をつけなければならないという規定があるそうで、レグルーザはドラゴンの足首に傭兵ギルドの紋章が刻印された銀の輪をはめた。

そして姿隠しの魔法を使い、しばらく移動して今日は野宿。

あたしは白魔女衣装からようやく男物の服に着替えられて、ほっとひと息ついた。

料理と食事の合間に、「本人の前では話せなかったが」と言いおいて、レグルーザがシャンダルのことを教えてくれた。

「シャンダルの基礎を築いたのは盗賊だと言われている。盗賊のなかでも盗品を売買する者達が、物や金を取り引きするのにあの島を使い、それが後のシャンダルになったのだという話だ。そのせいかどうかは知らないが、あの都市を治める幹部級の商人達は、少々危うい連中に通じている。もちろん、全員が確実にそうだという証拠はないし、今は皆、まっとうに商売をしているはずだが」

つまり、シャンダルはけっこー危ないトコロかもしれないという話で、そこを長年にわたって実質的に統治しているシェリンガム家については、おして知るべし。

だからレグルーザは、今朝、いきなり来たエステルとあたしを会わせるつもりはなかったらしいのだが、彼女を追い返す前にシェリンガム家に好意的な傭兵ギルドの人達が応接室に連れてきて、そのまま入れてしまったと。

「師が言っていた。シャンダルで楽しむのはいい。だが、シェリンガムの女にだけは気をつけろ、と」

お師匠さま、いったい何をされたんだ。

契約を交わしてしまった今現在、遠い目をして言うレグルーザに、なんだか怖くて聞けないんですが。

あたしは大きなイベントの時、ひょいとお邪魔してこづかい稼ぎさせてもらうだけの契約だし、名前出さないって書いてもらってあるからたぶん大丈夫、な、はず。

あの契約書は失《な》くさないようにしろよ、と言われるのに「気をつける」と深くうなずき、ちょっとひんやりした背筋をあたためるべく話題を変えた。

「そういえば、ラムレイ夫人の方は？」

食後のお茶を飲んでいた大トラの耳が、ぴこっと動いてひらりとそよいだ。

常と変らない低音の声が答える。

「会った時に紹介しただろう。魔道具を扱う老舗《しにせ》、ラムレイ商会の会長だ。俺が初めて会った時は、まだ彼女の夫が会長だったが。それなりに古い付き合いだからな、旅先で会うと今日のように話をする」

それだけだ、とあっさり言われたものの、なんとなくひっかかる。

彼女にもらった魔道具の蝶を取り出して、美しい工芸品のようなそれを眺めながら、なにげなく話を続けてみた。

「そういえばヘンな新聞記事にされちゃったけど、『幻影卿』って、そんなに有名なのかなー」

「義賊として有名な賞金首だな。女性に人気で、本人も女性に甘い。だからお前に勝ちを譲ったんだろう」

「あきらかに向こうの勝ちだったから、譲られても嬉しくないんだけどねー。レグルーザは『幻影卿』見るのって、初めて？」

「いや、何度かあったはずだ。毎回酒を飲みながら見物しているせいか、よく覚えてはいないが」

「自分で捕まえようと思ったことはないの？」

「俺の獲物は街の外にいるもの達だ。街の中でまで、働きたいとは思わんな」

必要なら動くけど、休憩時間は休みたい、と。

答えながら、たまにひらりと動く耳が可愛い。

たぶんあたしが何を聞こうとしているのか、わかってるんだろう。

答えてはくれないだろうと思いつつ、ちょっと突っ込んでみた。

「今回みたいに、『幻影卿』の出た街でラムレイ夫人と会ったりした？」

「さて、どうだったか。細かいことは忘れた」

レグルーザはさらりと流した。

残念だけど予想通り、この疑問は疑問のまま放置されることになりそうだ。

まあ、いいや。縁があれば、そのうちまた会うだろう。

『幻影卿』かラムレイ夫人か、あるいはその両方に。

あたしはしばらく何の魔法も仕掛けられていない、空っぽの蝶の翅が焚き火に照らされてきらきら輝くのを眺めてから、ジャックの毛並みのお手入れをすることにした。

◆◆◆◆第九十話「公国の風景と兄の悩み。」

〈異世界五十日目〉


朝食をとってから、ホワイト・ドラゴンに乗って空の旅。

サーレルオード公国は優秀な魔法使いが多く、へたに姿隠しの魔法を使っていると不審者として攻撃を受けるおそれがあるそうなので、今日から普通に飛ぶことになった。

首都に近づくにつれて警戒が厳しくなるので、隠れていると逆に危ないらしい。

「岩山やら砂丘やらが多いねー」

南西に進むホワイト・ドラゴンの背から見るサーレルオード公国の景色は、岩と砂でできていた。

植物は岩山の影にすこし見える程度で、それも乾燥している感じがする。

「この国は一年を通して暑く、生きものが住むのに適した地が少ない」

ドラゴンの手綱《たづな》をとり、ゴーグル越しに地形を見て進路を確認しながら、レグルーザが答えた。

「それゆえに人々は厳格な掟《おきて》に従って己を律し、お互いに支え合っていかなければ生きていくことができない」

「なるほどー。ちなみによそから来た人達にも厳しい？」

「いや、彼らの法を侵せば容赦なく裁かれるが、そうでなければ歓迎されるぞ。地方ならば、という条件付きだが」

「んー？　首都じゃなければよそ者でも歓迎、ってこと？」

火でできたような大きい鳥、レッドバードが襲いかかってきた。

それをホワイト・ドラゴンはひらりとかわし、後ろ足でドガッと蹴飛《けと》ばした。

その強烈な一撃に耐えきれず、あわれな声をあげながら落ちていくレッドバード。

あたしは「さようならー」とそれを見送り、平然と話を続けているレグルーザの声に注意を戻した。

「首都は最も厳しく法の遵守《じゅんしゅ》を求められるところだ。わずかな失敗で牢に放り込まれる者もいれば、罪人を密告することで報奨金を手に入れる者もいる。だから人々は身の回りのことに十分気を配らなければならないし、近くに密告者がいないかどうかについても注意しなければならない。そんなところでよそ者が歓迎されないのは、わかるだろう？」

うん、とうなずくと、さらに話が続く。

「しかも昔から騒ぎを起こしていた『聖大公教団』が、最近とくに暗躍しているという。シャンダルでお前も聞いていたかもしれんが、大公家のもめ事というのも気になる。統治者の問題は、領土の治安に関わってくることが多いからな」

聞けば聞くほど面倒くさそうだ、とため息をついたあたしに気づいて、レグルーザは良いところも教えてくれた。

「厳しい取り締まりがされている分、首都は治安良く、美しい。光の湖から流れる川のそばにあるのを利用して、都市の中に水を引き込み、水路を多くすることで日中でも比較的涼しく過ごしやすいようになっている。魔法街にはおもしろい店が多いし、祭りとなると普段の禁欲ぶりがウソのように、皆、おおいに浮かれ騒ぐ。それに、先も言ったが首都以外のところでは流れ者でも歓迎してくれる者が多い。娯楽が少ないせいで、珍しい物を取り引きしたり、遠く離れた地の話を聞くことをとても喜ぶんだ」

草地を求めて家畜を連れながら移動する、遊牧民的な人達も多いらしい。

ちなみに彼らは家畜を狙ってくる魔獣や魔物を狩り、その素材を採取しながら旅をするので、みんなかなり強いのだそうだ。

何度か休憩をはさみながらそんな話をして、砂が風に舞うのを見ていたら、あたしの頭の中でサーレルオード公国のイメージは『千夜一夜物語《アラビアン・ナイト》』になった。

首都は魔法院の本拠地で、おもしろい店がたくさんある魔法街まであるというのだから、魔法のランプや空飛ぶ絨毯《じゅうたん》もあったりするかもしれない。

目的の人物である『教授《プロフェッサー》』アンセムの家は魔法街の中にあるそうなので、どんなところなんだろう、と楽しみになってきた。

うん。面倒くささそうなのはスルーして、楽しいことを探そう。


夜。

野宿の準備をして夕食をとり、ジャックの毛並みの手入れをしていたら、イールから連絡が入った。

しっぽをふりふりして「おとうさんだー」と喜ぶケルベロスとは対照的に、なんだかとても疲れた声で訊いてくる。

「今、会いに行ってもいいか？」

レグルーザが「かまわない」とうなずいたので、「いいよー」と返事をしてブラシを片づけ、三人分のお茶を用意した。

間もなくジャックの額の竜血珠《ドラゴン・オーブ》が輝き、焚き火がごうっと激しく燃えあがって、その中から真紅の美しい衣装をまとった『紅皇子《クリムゾン》』が現れる。

「久しぶりだな、リオ、『神槍』」

あたしとレグルーザの姿を確認してほっとした様子でうなずいたイールは、しっぽをぶんぶん振りまわして歓迎しているジャックを見ると、にっこり笑った。

「元気だったか？　ジャック」

イールが「おいで」と手をひろげるのを見ると、ジャックは飛びあがるように立っておおはしゃぎでじゃれついた。

そこにはみんなの悪役、魔王の配下とかいうケルベロスの威厳なんてかけらもなく、「おとうさん」にかまってもらって大喜びしている三ツ首のイヌがいるだけだ。

あたしは眉間にしわを寄せて、「んーむ」とうなる。

「納得いかない。あたしの方がいつもそばにいてお手入れもしてあげてるのに、なんで時々話しかけてるだけのイールに、そんなになついてるんだろう？」

ジャックと遊びながら、楽しそうなイールが答えた。

「時々しか会えない父だからこそ、喜んでいるのだろう」

その父母設定、まだ続ける気なのか。

といっても、ジャックの頭の中はもう「イール」＝《イコール》「おとうさん」で定着してそうだから、今さら「違うよ」って言ったところでどうしようもなさそうだけど。

げんなりしつつ「えらいぞジャック、よく母を守っているな」と褒めまくって甘やかしているイールが座るのを待って、お茶のカップを渡した。

「それで、妹ちゃんはどうなったの？」

そばにぴったりとくっついているジャックの毛並みを撫でてやりながら、イールはひと口お茶を飲むと、深いため息をついて答える。

「それを相談しに来たんだ。リオ、お前なら妹が無茶なことをしでかそうとした時、どうやって止める？」

「天音《あまね》を止める方法？」

あたしは首をかしげた。

思いがけない質問だが、とりあえず過去を振り返って考えてみる。

「一度何かをしようと決めた天音を止めるのは、あたしじゃムリだね。だからもしそうなったら、コッソリ元兇を闇討ちするか、裏から問題そのものをひねり潰して関係者の口封じをするか、おかーさんに相談する」

「父親には相談しないのか？」

「しないねー。相談するまでもなく、なぜか知ってるし。あたしが闇討ちしに行った先で勝手に乱入参戦してきて、「うちの娘に手を出すヤツはみんな血祭りだ」とか言うひとなんだよ。それに、おとーさんは問題を片づけるより、裏で糸を引いて状態悪化させて大問題に発展させてから、力技で蹴っ飛ばすのが好きなひとだから。大騒ぎになるのがマズい時は、むしろ、いかにおとーさんの目をかいくぐって片づけるか、っていうので頭痛くなる」

ちなみにうちのおとーさん、見た目はわりとのんびりした普通の人に見えるので、内面を知った人からは「お前、外見サギ」と言われたりする。

「リオは父親に似てしまったのか……」

「なるほどな」

レグルーザとイールがそろって深々とうなずく。

あたしが「それはどういう意味？」と笑顔で訊くと、レグルーザは視線をそらし、イールがさらっと話を進めた。

「その三つの方法が使えない時はどうする？」

「うーん？　うちのおかーさんは最終兵器的なひとだから、相談したところで主導権が移って、後は解決されちゃうだけなんだけど。何か事情があって、どうしてもそれができない場合は、やりすぎないようそばで見守る、かな。天音は自分の身の安全とかあんまり気にしてくれないんだけど、あたしが一緒にいると、あたしの安全についてはすごく気をつけてくれるから。そうなれば、自然と天音の身も守られる」

「そうか……。ふむ」

イールはジャックの毛並みを撫でる手を止めて、難しい顔で考えこんだ。

あたしとレグルーザは目を合わせ、しばらくは放っておこうとうなずいて、お茶を飲む。

焚き火の中でぱちぱちと木が爆《は》ぜ、時おり吹く風が岩山のすき間をとおって口笛のような音を響かせるなかに、夜の静けさを感じた。

しばらくして、再びイールが口を開く。

「ネルレイシアの目的は、三代目勇者の旅に同行することだった」

あたしもレグルーザも、いきなり言われたことにきょとんとした。

何それ？　どういうこと？

「今日の昼、ようやく追いついて、話をした。

初代勇者の旅は古竜《エンシェント・ドラゴン》が助け、二代目勇者の旅には竜人が同行した。ならば三代目勇者の旅にも竜人が同行し、唐突に異なる世界の問題に巻き込まれた者を助けるべきだ。

我々に元の世界へ帰す術がない以上、それがせめてもの義務だと、ネルレイシアは考えている。

だが他の兄弟には、それぞれの守るべき地がすでに定められている。彼らにはそこから離れる意志はなく、そもそも勇者召喚の話にも関心が無い。竜人の男は基本的に目の前にあるものか血族のことにしか、興味を向けないからな。ネルレイシアが今後の国家間の関係にも影響することだと言ったとしても、彼らは国に関わることならば〝初源の火〟を持つ竜人が引き受けるべき役目だと考えているし、それは正しい」

イールはため息をつきながら、ようするに、と言葉を続けた。

「そんな者達を引きずり出しても、反発されるだけだということだ。それゆえ、常ならばネルレイシアは、兄であるわたしに頼んだだろう。他の兄弟と違って、〝初源の火〟を持つわたしは守るべき地を定められていない自由の身だ。しかし今のわたしは、第三皇女の捜索を優先しなければならない。『黒の塔』の動向や、ヴァンローレンの行方も気にかかる。この状況で三代目勇者の保護に向かうというのは、現実的な話ではない。

だから『皇女の鳥』による情報収集の指揮をアマルテに任せ、自分が三代目勇者のもとへ行くと言うんだ」

なんというマジメちゃんだ。

その、勇者に好意的な考えと、実際に外へ飛び出しちゃった実行力には素直に感動するし、感謝もしたい、が。

「でも、それで自分の命を危険にさらすなんて、おかしくない？　天音を助けてくれるにしても、もっと別のやり方があるでしょ」

「そう、そこなんだ。わたしもそれを訊いた。だがネルはこう言う」

――これが最後のお願いですから。どうか、お兄様。わたくしを行かせてください。

答えになってない。

しかもそんなこと言われたら、あたしが兄ならよけいに行かせられませんが。

さりとて強引に引き止めることもできず、話し合いを一度止めて決着は明日に持ち越し、イールは相談と気晴らしを兼ねてこっちに来た、ということらしい。

カップのお茶を飲みほして、また深いため息をつき、片手で髪をかきあげて疲れたように頬づえをつく。

妹をどうすればいいのかと悩む兄の困りきった顔に、なんともいえない共感を覚えて気の毒になった。

天音が種族間の問題に首をつっこんだと聞いた時、たぶんあたしも同じ顔をしていただろうから。

でも、とくに解決の妙案があるわけでもないので、彼の状況を考えて言う。

「あっちこっちで同時にいろいろ動いて、後手後手《ごてごて》に回ってるね。こういう時って、こっちはただ心配してるだけなのに、いつの間にか仲間内で対立することになる」

「まったく、気に食わん状況だ。ネルがそこまで願うなら叶えてやりたいとは思うが、命がけで行くというのを、止めないわけにもいかん」

「でも、意志が固くて実行力があるとなると、止めるのは難しいんじゃないの」

「ああ。竜骸宮の者達は止めきれずに総出で見送りをした。力ずくでネルを戻したとしても、わたしが離れたとたん、また彼らに見送られて飛び出すだろう」

イールはカップを置いて、よりそって座るジャックの毛並みに埋もれるようにしてもたれた。

気持ちいいでしょ、と言うと、笑みをふくんだ声で答える。

「……いい毛並みだ」

ジャックはぴこっと耳を立て、得意げに胸をはる。

元が良いのもあるけど、毎晩のブラッシングの成果もあるよ！

相談をするひとというのは、たいてい誰かに話をしている時点で自分なりの判断を下していることが多いが、イールもそうだったらしい。

しばらくジャックと遊び、もう一杯お茶を飲むと、来た時よりだいぶさっぱりした顔で言った。

「ネルレイシアには護衛に竜騎士をつけ、しばらくは旅を続けさせるが、第三皇女とヴァンローレンの件が片づきしだい竜骸宮へ戻す」

あたしは「うん」と答え、レグルーザが言った。

「俺の方でも何か情報がないか、探っておこう」

「よろしく頼む」

イールはうなずき、「そろそろ戻る」と立ちあがった。

名残惜しそうにジャックの三つの頭をそれぞれ撫でて、「わたしがいない間、母をしっかり守るのだぞ」と言い聞かせる。

それにしっぽをふりふり、「おかあさん、まもるー」と答えるジャック。

かわいいけど、かわいいんだけど……

はー。もういいや。

再び炎の中へ消えるイールを「またねー」と見送り、あたしのところへ戻ってきたジャックにもたれて、夜空の星をあおいだ。

ふと、思う。

あたしが死んで『空間の神』サーレルが目を覚ませば。

あの黒ネコが今すぐ、天音を帰すことも世界の歪みを癒すことも竜人の娘達の寿命についても、すべてを解決してくれるんじゃないかと。

でも、そんなふうに思ったところですぐには死ねない。

そんなに簡単に、あきらめることなどできない。

「もう寝るか？」

レグルーザの声に「うん」とうなずいて、毛布にくるまった。

考えてもどうにもならないことは、考えない方がいい。

「おやすみ、レグルーザ」

イールに遊んでもらって満足そうなジャックにもたれ、レグルーザが「おやすみ、リオ」と答えるのを聞きながら、まぶたを閉じた。

◆◆◆◆第九十一話「聖域復活と逆鱗。」

〈異世界五十一日目〉

今日もホワイト・ドラゴンに乗って、順調に大陸南下中。

だったのだが、昼過ぎの飛行中、あたしに風の宝珠《オーブ》をくっつけた風の大精霊、シェリースが声をかけてきた。

《母さん。風の谷に女の子が入ってきて、光の風が起きそう。見にくる？》

雨が降った後、子どもが「お母さん、虹がでてるよ！」と呼ぶような声はとても無邪気《むじゃき》で嬉しそうだが、彼が言うその女の子は間違いなく天音《あまね》だ。

できれば聖域より一歩手前の、試練の森に入ったあたりで連絡してほしかった、と思いつつ、頼むのを忘れた自分が悪いので「すぐ行く」と返事をしてレグルーザに訊く。

「ちょっと様子見に行っていい？」

「ああ」

迷いなくうなずいてくれたので、あたしはすぐに〈空間転移《テレポート》〉の魔法陣を展開。

サーレルオード公国の上空から、イグゼクス王国の試練の森上空へ移動した。

そろそろ〈空間転移《テレポート》〉に慣れてきたらしく、ホワイト・ドラゴンは慌てることなく翼を二、三度羽ばたかせて体勢を安定させる。

「俺はアマネの仲間と合流して待つ。注意して行け」

「うん。じゃ、いってきまーす」

こくりとうなずき、レグルーザの腕の中からするりと抜けて、ドラゴンの背から飛び降りた。

いってらっしゃい、と言うように、ホワイト・ドラゴンが「くくぅ、るー」と鳴く。

「シェリース！」

落ちながら呼べば、白い風があたしの体をつつみこむようにして渦巻き、視界に映る景色が深緑の森から白い谷に変わった。

《母さん、こっちだよ》

一瞬で風の谷へ入ったあたしは、シェリースの風に守られて空中をふよふよと移動し、ずっと先の方に、同じように風に抱かれて奥へ飛ぶ天音の姿を発見。

数日前に侵入していた魔物を魔法で一掃した風の谷は現在、聖域というより魔境・骨の谷状態だ。なので、大小さまざまな骨が散乱した静かな谷を一人で進みながら、いつ幽霊が出てくるのかと、ホラー系がすごく苦手な天音はちょっと涙目になっている。

そこへ、前方にそびえる一番高い山の上がいきなり光り輝き、白銀の髪と瞳をした半透明の少女が出現。

「ひゃうっ！」

天音はお化け屋敷で驚かされた時のように、可憐《かれん》な悲鳴をあげてびくっと体をふるわせた。

「だいじょーぶ。その子は幽霊じゃなくて、大精霊だよ」

あんまり怯《おび》えさせるのはかわいそうだったので、後ろから声をかけた。

天音が怖がっている骨の散乱は、魔法で一掃して放りっぱなしにしたあたしのせいでもあるので、ちょっと罪悪感がある。

あたしの声を聞いた天音はびっくりして振り返り、今にも泣きそうだった瞳をぱっと輝かせた。

「お姉ちゃん！　来てくれたの？」

「うん。もうひとりの大精霊が呼んでくれたから、ちょっと見に来てみた。それよりあの子が何か言いたそうだから、聞いてみてー」

いくらか後方で止まり、シェリースを女の子にしたように似た容姿の、光の風を見ながら言う。

だいぶ落ち着いた様子でこくんとうなずいた天音は、大精霊に向きなおった。

少女の姿をした大精霊は、シェリースより弱々しく、とても疲れている様子で、今にも倒れて消えてしまいそうだ。

天音が心配そうに見つめていると、かぼそい声ですがるように言う。

《『光の女神』より祝福を受けし異界の子。我が身に光を授けたまえ》

「光を授ける？　それは、どうすればできますか？」

《呼びたまえ。我が名は……》

おー。ホントに名前のトコだけ聞きとれなくなる。

けど、天音には問題なく聞きとれたらしい。

「　　　　　　」

天音が大精霊の名を呼ぶと、あたしの時と同じように、不思議な風が吹いた。

それは一瞬天音をつつみこんで、消える。

後に残るのは、天音の胸元にぽうっと灯《とも》る白い輝き。

たぶん風の宝珠《オーブ》だ。

あたしは体の後ろだったけど、天音は前にくっつけられたらしい。

それと同時に誓約が完了した光の風は、一気に回復。

爆発的な光が半透明の少女の体からあふれ、そのかたわらに闇の風シェリースが現れると、二人はとても嬉しそうな顔で両の手のひらを重ね合わせた。

調和する。

光の風と、闇の風。

すさまじい風が巻き起こり、その中心で一対の風の大精霊達から放たれる力が一本の柱となって天と地をつらぬくと、そこからさらに強烈な風が生まれて風の谷全域へ吹き渡る。

その風を浴びた魔物の骨はすべて、とけるように白い砂となり、砕けていた水晶は元通りに成長して美しい輝きを宿し、白亜の谷が蘇《よみがえ》った。

風はゆっくりとおさまりながら、聖域と呼ばれるにふさわしい美しさを取り戻した風の谷を吹き渡る。

その風が頬を撫でていくのを感じながら、あたしはいつの間にか天音を腕に抱いて、白い砂の上に座りこんでいる自分に気づいた。

「お、ねえ、ちゃん……」

とぎれとぎれに、腕の中から天音が呼ぶ。

あたしはわかってる、とうなずいた。

風の宝珠《オーブ》をくっつけられた後って、すごく眠くなるんだ。

「風の谷も大精霊も、もうだいじょうぶだよ。おやすみ、天音。よくがんばったね」

ほっとした様子で微笑むと、天音は気絶するように眠りへと沈んだ。

その様子を見に、大精霊達が舞い降りてくる。

《闇の御子《みこ》さま、光の御子さまはお休みになられたのですね》

闇の御子に光の御子……

一瞬遠い目になったものの、もうだいぶあきらめの境地に入ってきているので、その呼び方には何も言わず「うん」と答えた。

「たぶんしばらく起きられないだろうから、外の仲間のところへ送ってくれるかな?」

聞きながら、双子みたいな大精霊を見て、ふと思いつく。

「ごめん、ちょっと待って。シェリースに聞いたんだけど、光の風と闇の風って、つながってるんだよね?」

《はい、闇の御子さま。わたし達は一対の文柱。意志は別なれど、根源はひとつです》

「それじゃ、あたしがもらった風の宝珠《オーブ》と天音がもらったのも、つながる?」

《はい、わたし達を通して、一対の宝珠《オーブ》もつながります》

光の風の答えに「おおー!」と、思わず声をあげて大喜び。

イールにもらった竜血珠《ドラゴン・オーブ》みたいな感じで、遠く離れていても天音と会話できそうだ。

光の風に「これから天音をよろしくね」と頼み、闇の風シェリースに「またね」と手を振って、あたしは上機嫌で外へ送ってもらった。

転移した先は、試練の森の外で天音を待つ勇者一行の近く。

彼らはちょうど火を熾《お》こして野宿の準備をしているところで、辺りを見に行っているのか、水を汲みに行っているのか、何人か姿が見えない。

「アマネ!」

「アマネさま!」

真っ先に気づいたのは金色のネコで、次は少年メイド。

そして二人の声で全員があたしの腕に抱かれた天音を見つけ、王子や第一騎士も一緒に突進してきた。

あたしは殺到する彼らに押し潰される前に、古代言語《エンシェント・ルーン》で一言。

「〈全能の楯《イージス》〉」

天音の逆ハーレム構成員は展開された虹色のシャボン玉に弾かれ、すぐに殺気立って起きあがる。

「今すぐその魔法を解いて、アマネを返せ！」

叫んだのはアースレイ王子だが、たぶん全員その心境なんだろう。

睨みつけてくる目が普通じゃない。

が、あたしは天音のストーカーを影で排除してきた義姉《あね》だ。

その程度でひるむか。

それに何よりも、王子の言葉に強烈な怒りがわきあがってくる。

疲れきって眠る天音を、返せ？

義妹《いもうと》を保護する姉に向かって、「返せ」だと？

こいつはいったい、何を勘違いしているのか。

風の谷での上機嫌が幻のように消え、あたしは王子を見すえて無表情に言った。

「黙れ。消し炭にされたいの？」

主の怒気で目を覚ました三頭犬《ケルベロス》が地上に現れ、あたしの後ろにそびえ立って王子達を睨みおろす。

そして三ツ首の一つがゴウッと天に向かって炎の息を吐き、いつでも焼き尽くすことができるのだと示した。

イグゼクス王国で最精鋭と呼ばれる騎士と魔法使いが、たちまち緊張して戦闘態勢に入る。

「おやめください！」

それを、鋭い声で『星読みの魔女』が止めた。

アデレイドは急いで走ってくるとあたしと勇者一行の間で立ち止まり、アースレイ王子をきっと睨む。

「アマネを返せとは、どういう意味ですか？　アースレイさま。アマネさまはあなたのものではないのですよ。リオさまはアマネさまの姉君。そんな言い方をされては、お怒りになられるのも当然のこと。気に入ったものは自分の所有物、誰でも己《おのれ》の言うことをきいて当然、などという子どもじみた思い上がりを、あなたはいつになったら乗り越えられるのですか？」

容赦なく問い、次いであたしの方に向きなおる。

「リオさまも、この程度で冷静さを失ってはなりません。普段、アマネさまのそばを離れていることが、あなたの心に罪悪感を降り積もらせていることはわかっています。ですが、その自身に対する苛立《いらだ》ちを、怒りのまま他者に向けていいものだと思われますか？」

天音のそばにいられないことに対する罪悪感？　今のは自分に対するイライラを解消するための、八つ当たり？

そんなことはない、と言いかけて、けれどとっさに言葉が出なかった。

あたしは無言で顔をしかめる。

自覚はなかったけど、アデレイドの言葉には心当たりがあって、違うとは言いきれない。

数秒の沈黙の後、苦いため息をついて言った。

「起こしてごめんね、ジャック。もうだいじょうぶだから、戻っておやすみ」

ケルベロスの真ん中の頭が降りてきて、あたしのそばに鼻先を近づけた。よしよしと撫でてやると、かるくしっぽを揺らして、あたしの影に戻る。

最後に王子達をひと睨みして。

「リオ。アマネは眠っているのか?」

ジャックの姿が消えると、アデレイドの後から歩いてきたレグルーザが、いつもの口調で声をかけてきた。

意識して苦いものを飲み下しながら、あたしもいつもの口調になるよう気をつけて答える。

「うん。あたしの時と一緒。風の宝珠《オーブ》を受け入れるのって、やっぱりかなり負担になるみたいだね。大精霊と誓約した後、すぐ眠っちゃった」

「ではしばらく眠り続けるだろう。馬車へ運ぼう」

王子達を拒んで弾き飛ばした〈全能の楯《イージス》〉を、レグルーザはするりと通り抜け、天音を抱いたあたしのそばに片膝をついた。

さすがに天音を運ぶのはあたしではムリなので、彼に頼む。

「お願い」

レグルーザはうなずいて、慎重に天音を抱きあげて馬車へ運んでくれた。

天音を心配して、その後ろを王子達がついていく。

あたしは〈全能の楯《イージス》〉を解除して、その場に座り込んだまま、しぶい顔で彼らを見送った。

「リオさま」

気遣わしげな声で、アデレイドが謝る。

「偉そうなことを言って、申し訳ありませんでした」

「アデレイドは悪くないよ。あたしが勝手に怒って状況を悪化させたのを止めてくれたんだから」

力なく笑って、銀髪の美女を見あげた。

「嫌な役やらせちゃって、ごめんね。それから、止めてくれてありがとう」

アデレイドはすこしほっとした様子で微笑む。

「わたくしはアマネさまのおそばにおりますので」

ありがとう、ともう一度言って、アデレイドが馬車へ向かうのを見送り、はふ、と息をついた。

自己コントロールっていうのは、どうすればもっとうまくできるようになるんだろう。

ジャックが出てきて威圧してくれたことで、〝闇〟の力を使おうとする衝動が抑えられたのは幸運だった。しかしこの程度で平静さを失ってしまったのが、なんとも情けなくてしょうがない。だからといってどうすればいいのかも、さっぱりわからない。

のので、とりあえず。

その日はおとなしくして天音のそばにつきそい、真夜中、みんなが寝静まったところで王子をさらって、遠く離れた場所に移動。

「今すぐ城に帰る」か「イロイロ覚悟の上で天音のそばにいる」のか訊いて、どうしても天音のそばにいたいと言われたので、そこまで覚悟があるのならとあたしもうなずき。

今後、彼があたしをキレさせることがないよう、おとーさん直伝の「効果的なトラウマ・コミュニケーションその三」を実行しておいた。

◆◆◆◆第九十二話「風の宝珠《オーブ》の活用法。」

〈異世界五十二日目〉


すやすやと眠る天音《あまね》の顔を見て、くあーとあくびをする。

しばらくしてのそのそと馬車の外に出て、近くの小川で顔を洗っていると、ヴィンセントがそばに来た。

「リオ」

「おはよー、ヴィンセント」

第二騎士はいつになく怖い顔をしている。

あたしはべつにはぐらかすつもりもないので、顔を拭きながら言った。

「王子とはちょっと話をしただけだよ。魔法なんかかけてないし、ケガもしてないでしょ?」

「確かに精神干渉系の魔法にかけられた痕跡《こんせき》はないとルギーが断言したし、ケガもないようだが。いったい何をしたんだ?」

あたしはヴィンセントの顔をまっすぐ見つめて訊き返した。

「彼は天音を〝返せ〟って言った。おかしいよね?」

天音は彼のものじゃない。それに、あたしはイグゼクス王国の国民じゃないから、彼の命令に従う義務もない。

それをじっくり話して、理解してもらっただけだ。

本当にそれだけかと訊かれたので、あたしが言ったことを理解するだけではなく覚えておいてもらうため、水を使ったと付け足した。

彼は昨夜の記憶が遠ざかるまで、水を見るたびにあたしが言ったことを思い出すだろう。

「水。そうか、水か」

ヴィンセントはなぜか納得した様子でうなずいた。

「眠っている時はずいぶんとうなされ、起きてからも落ち着かない様子だったので水を飲んでもらおうと渡したら、殿下はおかしなことを言われた」

うん？　と首をかしげると、騎士は重々しい口調で言った。

「わたしの神は異界にいらっしゃった。だが無知なわたしはそれを理解できず、愚かな行いで怒りをかってしまった。我が神の怒りを解き、神の愛《いと》し子を得るにはどうすればいいのだろう？　……と、おっしゃったんだ」

あんまりおもしろくない冗談だね、と流そうとしたら、本当のことだと言われて問われた。

「リオ。イグゼクス王国の第一王子に、〝我が神〟と呼ばれる心の準備はできているな？」

……。そんなもん、あるわけないですが。

とりあえず自分が失敗したことは理解した。たぶん昨夜実行した「効果的なトラウマ・コミュニケーションその三」が、アースレイ王子の頭の中で予想外の方向に発展したのだろう、ということはわかった。

けれども。

「ありえない。ものすごくおかしいよ、それ。あたしの顔なんか二度と見たくないとか、もう外に出たくないとか、なんかやたら周りからの視線に怯えてるとか、そういう反応になるはずなのに！　……もしかして、王子ってM属性？」

「属性？」

「殴られて喜ぶ系のひとなのか、って意味」

今までは違ったはずだが、お前が目覚めさせたんじゃないのか、と返されて身もだえた。昨夜の反応ではそんな兆候なかったのに、自分で自分の首を絞めた気がしてならない。

しかし、そんなおかしな方向に失敗しているなんて言われたら、確認しないわけにもいかない。

全部ヴィンセントの聞き間違いだったとか、王子が寝ぼけていただけだったという可能性に望みをかけて、彼を呼んできてもらった。

そうしたらイグゼクス王国第一王子、アースレイ・ライノル・イグゼクスはあたしを見るなり。

「ああ、我が神よ……！」

とのたまい、ひざまずいて頭をたれた。

その姿は真剣そのもので、遊びや演技である様子はひとかけらもない。

……どうやら本気で危険な扉を開いてしまったか、異常な電波を受信させてしまったらしい。

ちょっと話をしてみると、王子の頭の中では「リオ＝我が神」で「アマネ＝神の愛し子」で、彼は「神の愛し子に恋をした愚か者」ということになっており。今は「自分の愚かな行為で神を怒らせてしまった」ことを心から後悔して、「どうすれば神の怒りを解いて愛し子を得られるのか」を悩んでいるらしい。

そんな誘導も刷り込みもしてないのに、なにがどうしてそうなった。

意味不明だったが、とりあえず彼が本当に本気であたしを神だと信じているのかどうか、試してみることにした。

「アースレイ。あたしが死ねと言ったら、死ねる？」

「はい」

昨日までの彼だったら、あたしが名を呼び捨てにした時点で不快感を示しただろうに。

今はそれどころか一瞬の迷いもなく応じて、アースレイはひざまずいたまま腰から短剣を抜き、自分ののど元に突きつけてみせた。

すぐそばで、ヴィンセントが驚きに息をのむかすかな音がした。

彼は騎士として、王国の第一王子を目前で死なせるわけにはいかないのだろう。いつでも止められるようわずかに身構える。

けれど、ヴィンセントが警戒しているだけで動かなかったので、あたしは無言でアースレイの青い目をのぞきこんだ。

するとそこにはもう、昨日までの、天音のことしか見えていないストーカー王子はいなかった。

自分だけの神を見出したことに歓喜し、それがどんなものであろうとも〝神から命令を与えられる〟ことを至極の幸福とする、まるで狂信者のような目。

「どうぞ、ご下命を」

望む声は求愛するかのように甘く、己がのど元に突きつけた短剣を持つ手に迷いはない。

あたしは彼の目から視線を外し、頭痛と吐き気をおぼえて額に手をあてた。

「いい。……死ななくていいから、剣を戻して」

アースレイは驚いたようにまばたいて、また「はい」と素直に応じて短剣を戻した。

ずっと身構えていたヴィンセントが、すこしほっとした様子で力を抜く。

奇妙なことになった。

ちょっと迷惑な性格を矯正《きょうせい》しただけのはずが、人格改変になっていたとは予想外すぎる。

初めての事態なので、おとーさんに教えてもらった対応策にも前例がないし。

とりあえずこれ以上の状況悪化を防ぐため、あたしがアースレイの「我が神」だとか何だとかは、他の人に言わないようにと口止めしておいたが。

こんなことになったのは、たぶんあたしがアースレイの精神構造の見極めを間違えて、「効果的なトラウマ・コミュニケーションその三」を使ってしまったせいだろう。彼のように洗脳されやすいタイプ、あるいは洗脳されることを無意識に望んでいるタイプには、「その四」か「その六」を使わなければならなかったのだ。

ものすごくマズったなー、と思うが、時間は巻き戻らない。

ひざまずいたままのアースレイが真正面から「どうすれば良いのでしょうか？」と訊いてくるので、そんなの知るかと思いつつ「自分で考えたら」と答え、「もういいよ」と追い払った。

すると彼は「自分で考える……。ああ！　これは試練なのですね！　愚かなわたしの成長を望まれる、我が神の慈悲深さを感じます！」と勝手に解釈して、みんなのところへ戻っていく。

その後ろ姿をぼんやり見送り、あたしはヴィンセントに訊いた。

「あんな洗脳されやすい王子で、だいじょうぶ？」

「……大丈夫だと思うか？」

無言で目を合わせた後、二人そろってため息をつく。

そしてとりあえず何か問題が起きるまでは様子見という名の放置でいこうと、暗黙の了解ができた。

天音は昼過ぎ頃にお腹をすかせて目を覚まし、あたしの時の例で、それを見越して用意されていた食事をとった。

「精霊との誓約って、すごくお腹すくんだね」

「うん。とくに影響感じないけど、何か消耗してるんだろうねー」

話しながらごはんを食べ終えると、食後のお茶を飲む。

「そういえば、天音の風の宝珠《オーブ》はどういう状態になってるの？」

「あ、まだ見てなかった」

じゃあ見せてー、という話になり、移動するのが面倒だったので亜空間から毛布をひっぱり出してきて二人でかぶる。

そしてちょっと恥ずかしそうな天音が服の胸元を開くと、そこにはあたしの背中にあるのとまったく同じ白い翼のタトゥー、真珠みたいな白い珠があった。

「うあー。ばっちり胸の谷間んとこだね。天音はおかーさんに似て発育いいし、お色気担当を任命された！　って感じ。でも、他のひとには見せちゃだめだよ」

「他の人にこんなとこ見せたりしないよ！」

それに勝手にそんな担当を任命しないで、と頬を赤くした天音がいそいそ服を戻すと、毛布をどける。

周りの男性陣はなんとなく気まずそうに視線をそらしていたが、いちおう注意しておこうとおおきな声で言った。

「というわけで、天音の宝珠《オーブ》は見るの禁止で。見たい人は姉であるあたしを倒してから希望してくださーい。ちなみにその時は全力でお相手しますので、ちゃんと遺書とか書いといてねー」

「もう、お姉ちゃん！」

禁止してくれるのはいいけど、へんなこと言わないで、と恥ずかしがる天音に対し、周囲の人々はわりと真剣にうなずいた。

良い傾向だ。

ついでに風の宝珠《オーブ》の力で、遠く離れていても連絡が取れるようになったことも話しておく。

天音はようやく連絡方法ができたことを素直に喜んだけど、あたしとしては別の使い方も頭に入れておいてもらいたい。

「ただ話すのに使うだけじゃなくて、何か困ったことがあったら呼ぶんだよ。できればギリギリのところじゃなくて、危ないと思ったら早めにね。大精霊に居場所特定してもらって、すぐ行くから」

「みんながいるから、そんなに大変なことはめったに起きないよ。お姉ちゃん、最近だいぶ過保護になってる」

そんなことはどうでもいいから、危ない時は呼んでー、と言い聞かせていると、ふと何か思いついた様子で、天音はにっこり笑った。

「お姉ちゃん召喚！　天音は最強の呪文を手に入れた！」

あんまり無邪気に言うものだから、「どこのゲームのアナウンス」とあたしは笑ったが、天音とあたし以外は誰も笑わなかった。異世界の姉妹の笑い声だけが響くなか、ラクシャスの金色の毛並みが悲鳴をあげるように全身逆立っている。

それにはまったく気づかず、昨日の騒ぎを知らない天音は、ただ周りのあまりの静けさに「あれ？」と首をかしげた。

「なんか全力でスベっちゃったみたい？」

「まあ、ネタがゲームだから、笑いどころがわかんないかもー」

なるほど、とうなずいてお茶を飲む天音。

年長組は口を出すことなく終始のんびりとあたし達の会話を聞き、年少組はちょっと青ざめた様子で聞いていた。ただ一人、アースレイ王子だけは青ざめることなく、むしろ嬉しげにキラキラした顔であたし達の会話を聞いていたのだが。

……うん。見なかったことにしよう。

食後のお茶を飲みながら、天音は一度王都に戻ること、あたしはサーレルオード公国の首都に向かうことを話して、別れた。

天音は馬車に乗りこみ、あたしはホワイト・ドラゴンで飛びたつと、レグルーザと一緒に〈空間転移《テレポート》〉で公国へ戻る。

その日の夜。

さっそく風の宝珠《オーブ》を通じて、困惑ぎみの天音から連絡が入った。

「お姉ちゃん、ちょっといい?」

竜血珠《ドラゴン・オーブ》でイールと話す時は声を出さなくても通じるテレパシー会話になるけど、風の宝珠《オーブ》での会話はスピーカー・ホンみたいな感じで、近くにいる人には声が聞こえる。

「いいよー。今、レグルーザとごはん食べてるとこだけど。何かあった?」

「あ、食事中だったのね。邪魔しちゃって、ごめんなさい。えと、こっちには私とアースレイさまがいるの」

ごはんを食べながらもごもご答えると、天音は申し訳なさそうに謝って、説明した。

なんでも今日、夕方の『光の女神』への礼拝の時間に、アースレイ王子がいきなり「私はもう祈りを捧げることはできない」と言いだし、青年神官がそのことについてひどく怒ったそうで。

まあ、そもそもイグゼクス王国は『光の女神』への信仰で成り立っている国だし、その王族が礼拝を拒絶したら、神官は怒って当然だろう。

そして王子が理由を言おうとしないので神官の怒りがおさまらず、天音が仲裁に入ったところ、王子から「姉君と話がしたい」と頼まれたので、連絡をとったとのこと。

はふ、と息をついて、あたしは天音の隣にいるというアースレイに訊いた。

「なんで祈れないの？」

「我が神は『光の女神』にあらず。信仰心なき者の祈りは、偉大なる神への冒瀆《ぼうとく》にあたると考えました」

彼は彼なりに考えて、その上で決めたことだったのだろう。

問われてすぐ答えが返ってきたのをすこし意外に思いながら、「ふむ」とうなずいてしばらく考え、言った。

「それじゃ、あたしの代わりに「『光の女神』さま、天音を守ってくれてありがとうございます。これからもよろしく」って、祈っといてもらえる？」

「はい。わが……、コホン、御意《ぎょい》にございます、リオさま」

いちおう、あたしがアースレイの神だとか何だとかは、他の人に言わないようにと口止めしておいたのを覚えていたらしく、彼は「我が神」と言いかけたのを慌てて修正して「リオさま」に変えた。

そうして会話はあっさり終わり、アースレイは夕方の『光の女神』への礼拝を行うことになって、問題は解決。

「お姉ちゃんって、たまにこういう不思議現象起こすよね」

天音は不思議そうに言いながらもなぜか納得しているらしく、私もようやくごはんが食べられるよ、と笑ってひとまず通信は終了。

静かになった公国の荒野で、レグルーザがぽつりと言った。

「信者第一号はイグゼクス王国の第一王子か……」

その言葉に、思わず口元が引きつった。

「レグルーザ。二号があるような言い方はやめてくれる？」

大トラはなまぬるい眼差しであたしを見て、何も答えずにのんびり笑った。

◆◆◆◆第九十三話「しつけはその時、その場でやるべし。」

〈異世界五十三日目〉

ホワイト・ドラゴンに乗って南東へ進む。

天音《あまね》が風の大精霊と誓約を交わして風の谷が安定した影響なのか、風の精霊の力が増してドラゴンがさらにスピードアップ。

風景がすごい速さで過ぎていくので、うっかり首都を通りこしたりしないよう、レグルーザが地上を睨んでいる。

途中にある街は全部すっとばして行く予定なので、今日も飛べるだけ飛んで野宿。

ごはんを食べ、ジャックの毛並みをブラッシングしながらイールや天音と連絡を取る。

イールはバスクトルヴ連邦で動いている『黒の塔』の情報を掴んだそうで、妹ちゃんと別れてそちらへ移動中。今もドラゴンで飛んでいる。

天音はとりあえず一番近い街へ移動中で、今日は野宿。ストーカー王子から洗脳済み王子へチェンジしたアースレイが絶好調だそうで、今までの偉そうな態度がウソだったかのように、朝から晩まで積極的に皆といろんな話をしているという。

「アースレイさまはね、自分は何も知らないということに、ようやく気がつきました、ってすごく反省してるの。自分の頭で考えるにはまず知識が必要なのに、それが無いのが情けないと思ったんだって。だから皆の話を聞いて学びたいから、できればアデレイドさんの話も聞きたいって、すごく丁寧にお願いしてたよ」

わたしも負けていられないから、がんばってこの世界のことを勉強する、と楽しげに話す天音。

それなりにうまく回っているようなので、アースレイ青年は放置しておいて良さそうだ。

しばらく話をして、通信終了。

やわらかなジャックの毛並みに埋もれて眠った。


〈異世界五十四日目〉


砂漠と岩山と荒野、ごくたまに濃緑の林やちいさな森。

砂の色を見飽きてきたその日の夕暮れ時、ホワイト・ドラゴンの速度を落とさせたレグルーザが言った。

「リオ。サーレルオード公国の首都が見えてきたぞ」

「おおー。なんだかとってもアラビアンだー」

黄金の丸い屋根をのせた宮殿を中心にひろがるその都市は、まるで千夜一夜物語《アラビアン・ナイト》の映画セットみたいだった。

近くを流れる川から水を引き込み、都市全体に水路を巡らせているせいか、所々に見える緑が色鮮《あざ》やかで綺麗だ。そして魔法院の本拠地だからか、都市全体に魔物の侵入を防ぐための結界が張られていたり、イグゼクス王国より多くの魔法があちこちに組み込まれていたりするので、見ていて楽しい。

途中、ちょっと手前で一度地上へ降り、白魔女衣装に着替えて再度出発。

都市の外にある傭兵ギルドの獣舎にホワイト・ドラゴンを預けて、ようやく首都へ入ることができた。

売り買いされる香辛料と屋台の料理、人々が連れ歩く家畜の匂いがする。

道行く人は男性も女性も見事な刺繍《ししゅう》入りの色鮮やかな布で全身をおおっていて、女性は強い陽《ひ》射《ざ》しを避けるためか顔まで隠している人が多く、仮面をつけているあたしが白一色という点で地味に感じられるくらい、みんな派手だ。

日暮れ時の都市はにぎやかで、屋台の料理を買った人達が道端でそれを食べるのに、彼らの足元を歩きまわるネコ達がニャーニャー鳴いておこぼれをねだっていた。

「なにこのネコ天国。しかもみんな、人に慣れてるみたい」

「ああ、初代の大公がネコ好きだった影響らしい。兇暴なものは排除し、穏やかな気質のネコだけを残して公共の愛玩動物《ペット》にしたとか。もちろん、どれほど兇暴でも許可なくネコを傷つけるのは重罪とされている。気をつけるんだぞ」

「あいさー。動物いじめたりしないから、だいじょうぶだよ」

まあ、それ以前の話として、あたし達の方に寄ってくるネコがいないというか。近くを通っただけで逃げたり物影に隠れたりするネコばかりなので、撫でることもできそうにないのだが。

どうも大トラ、レグルーザのことが怖いらしく、これは人間の方も同じでかなり警戒されているというか、避けられている感じだ。

それを話すとレグルーザは「いつものことだ」と答え、そんなことよりくれぐれも騒動を起こさないように、と念押ししてきた。

サーレルオード公国は秩序と魔法の国だから、法が厳しく取り締まりもきつい。

何か騒動を起こすと、すぐに公国の紋章をつけて曲刀《シミター》を帯びた警察官的なお役人さんが来て、捕まえられるんだそうだ。

そのぶん治安はいいみたいだけど、捕まると厄介《やっかい》なことになるらしいので、レグルーザは警戒している。

そして何度も「気をつけろ」と言うのは、一時的に別行動をすることになるからだった。

「『教授《プロフェッサー》』は初見の者を家に入れない。まずは俺が行って話を通してくるから、しばらく待っていてくれ」

「ほーい」

夕飯時で、近くにあるお店はどこも混雑していたので、メインストリートの真ん中にある広場で待つことになった。屋台が集まっていて人通りも多く、女性や子どもの姿もあるのでたぶん安全だろう。

レグルーザは不満そうだったけど、すぐに戻れるようなので辺りをぐるりと見回して安全を確認してから、「まあ、いいだろう」とうなずいた。

「おやつ食べながら待ってるねー」

「すぐ戻る。あまり食い過ぎるなよ」

細い道を抜けて裏通りへと歩いて行く背を見送り、ひとり広場へ入る。

屋台でおいしそうなお菓子と飲み物を買うと、木や草花の生えた休憩スペースらしき場所に毛布を敷いて座った。果物のジュースを飲みながら、パン生地を細くねじって揚げたようなお菓子を食べる。

「あまうまー」

意外ともっちりしているそのお菓子は、蜂蜜《はちみつ》みたいなものがかけてあって甘く、見かけより食べごたえがあっておいしい。

そうして食べていると一匹、ふてぶてしい面構えをしたネコがのっそり現れてじいっと見つめてきた。お菓子をちぎって毛布の上に置いてみたら、それをくわえて去っていく。

あたしはジュースを飲み、お菓子をぱくつきながら広場を眺めた。

すでに日は暮れ、月が輝く夜空の下でいくつもの明かりが灯された広場は、仕事を終えた男達の宴会場になりつつあった。

女性と子ども達の姿はだんだんと少なくなり、地元で働いているらしい若い男達や旅人風の男達が、それぞれ大声で笑ったり話をしたりしながら夕食をとっている。

飲み終わったジュースのコップを屋台へ返し、あたしはまた休憩スペースへ戻ってまったりくつろいだ。

周りがみんな派手だと、白魔女衣装が埋没《まいぼつ》してくれるのですごく気楽。

そうしてほけーとレグルーザを待っていると、ふらりと一人の男が近づいてきた。

緑の服はこの都市ではさして珍しくもなく普通に見えたけど、ドクロっぽい仮面で顔の上半分を隠して、何かブツブツつぶやいているのがすごく怪しい上に。

「〈眠れ《スリープ》〉」

いきなり魔法をかけようとしてきた。

あたしは魔法に対する耐性が高いらしく、まったく効かなかったが。ともかく防御魔法を発動。

「〈全能の楯《イージス》〉」

おまわりさん、不審者です。はよー来て捕まえてくれ、と思いつつ様子を見ていると、仮面の下で男がニィと笑った。

「上物《じょうもの》だ。狩れ！」

まさかの通り魔複数犯？

虹色シャボン玉な〈全能の楯《イージス》〉に四方八方からドカドカ攻撃魔法がぶち当たって、広場にいた人達が怒声や悲鳴をあげながら逃げた。

あたしはあちこちの影へ目をとばし、逃げていく人達に攻撃魔法が当たらないようフォローしながら、今こちらに向けて攻撃している連中を九人確認、してみて驚いた。

全員が緑服にドクロな仮面という、同じ格好をしてる。

なんだろう、どこの戦隊物に出てくる下っぱ戦闘員ですか？　お揃いのドクロ仮面が「おれ達やられ役！」と叫んでいるかのようですが、もしかして戦隊ヒーローもいたりするの？

思わずヒーローを探してあちこちの屋根を見てまわったが（ナントカとヒーローは高いところが好きだし）、残念ながらあたしが誰かを見つける前に幻月の杖に宿る精霊が出現した。

シャラン、と手首や足首にはめたミスリル銀の環が涼やかな音を響かせ、月光を浴びてあわく輝く白金の美女が舞い降りる。

あちこちに視覚をとばしていたせいで、いつもは穏やかで清らかな美貌が、今は怒りに染まっているのがはっきりと見えた。

ああ、ルナさん、すげー怒ってる。

《我が主に刃を向けし愚かなる者ども》

ルナはまったく動いていないのに銀環がシャラシャラと鳴り、ふわふわと白くちいさな球が九つあらわれた。月の精霊の周りを回りながらだんだんと大きくなっていく。

あたしはぞわりと肌があわ立つのを感じた。

コレは危険だと本能がささやいて、どんな魔法で構成されているんだろう？　と好奇心がつぶやく。

そして白い球が野球のボールくらいの大きさになると、ルナは言った。

《悪夢の底で、千度死ね》

白い球がすごいスピードで動き、なんかヤバいと気づいて逃げかけたドクロ仮面達に当たった。見た目にはとくに何の変化もなかったが、白い球が吸いこまれるように体の中へと消えると、男達はバタバタ倒れる。そして倒れたままうめき、うなり、断末魔の悲鳴のような絶叫を上げ始めた。

まさか、本気で千回殺される悪夢を見せるの？

「いやいやいや。ルナさん、魔法解除して。そんなことやったら、終わる頃にはみんな廃人になってるよ！」

あわてて止めようとしたが、襲ってきた九人を悪夢の底に沈めたまま、ルナは不思議そうに言った。

《この程度、こやつらの罪を見れば当然の報《むく》いであろう。なぜ止める？》

いかん、これはちょっと早急にしつけをせねば、と思ったところへレグルーザが走って戻ってきた。まずあたしがケガをしていないことを確認した後、「何があった？」と訊いてくるのを止める。

「ちょっと待ってレグルーザ。今はルナと話さないといけない。しつけはその時、その場でやるべし！」

珍しくあたしが強い口調で断言したせいか、レグルーザは口を閉じた。

「ぎやぁぁぁ!!」とすさまじい恐怖の絶叫をあげてのたうちまわる九人の男を、超然と見おろすルナに言う。

「お願いだから、ルナ。まずは悪夢を解除して、一晩寝るくらいの魔法かけて、後はこの国の人達に任せよう」

レグルーザは「うむ」とうなずいたが、当然、ルナは不満顔。

あたしは言葉を続ける。

「こんなことするより、もっとよく考えないと。夢の中で相手を殺せるっていうことは、ルナはそいつの夢の内容をいくらでも変更できるんでしょ？　そんな便利な力を活用しない手はないけど、コレは非効率で無意味。精神崩壊した相手には恐怖なんてなくなっちゃうんだから。そもそも生き物の幸福っていうのはたいてい同じような形をしてるけど、悪夢は人によってまるで形が違う。つまり、同じ悪夢ですべての人を怖がらせることはできないってこと」

レグルーザは「……うむ？」と微妙に首をかしげ、ルナはすこし考えるように応じた。

《相手に合わせ、悪夢の内容を変えるべきだということか》

「悪夢の中で千回殺すより、一撃必殺で絶対的な恐怖を植えつけて言うことをきかせる方がいいよ。廃人になんかしたら寝覚め悪いし、過剰防衛でマズいことになるかもしれない。いかに効率的に心を折り、いかに効果的に恐怖を与えるかを考えないと。できれば短時間で全部済むようにね。こういう連中の始末に時間かけたって疲れるだけで、何の利益もないんだから」

ルナは納得した様子で悪夢を見せる魔法を解除し、レグルーザが頭痛そうな顔で口を開いた。

「そのしつけ、ちょっと待て」

きっと他にも大切なことがあると言いたいのだろう。

あたしは「わかっている」と、重々しくうなずいて答えた。

「闇討ちの有用性と関係者口封じの重要性についても、後でちゃんと教えておくから」

レグルーザはさらに頭痛そうな顔になって言った。

「それも含めて全部待て。お前は幻月の杖をさらに兇悪化させた魔法使いとして名を残したいのか？」

きょーあくか？

あたしは首をかしげ、マイペースなルナが言った。

《主の話は興味深い。もっと聞かせてくれ》

そしてその時、ようやく広場の混乱状態をおさめ、ぴくりとも動かなくなったドクロ仮面達を捕《ほ》縛《ばく》した曲刀《シミター》装備の人達が、こちらに向かって叫んだ。

「お前達、私闘を禁ずる法に反した罪で逮捕する！　おとなしく縛につけ！」

……は？

あたしたぶん、被害者の方だと思うんですが。

◆◆◆◆第九十四話「メイドさんと三毛猫。」

曲刀《シミター》装備のお役人さん達に囲まれ、「面倒なことになったな」とため息をついたレグルーザが、敷いていた毛布ごと片腕にあたしを抱きあげた。

最近、ここが定位置になってきた気がする。

「俺がいない間に何をやったんだ？」

周りの人に聞こえないよう小声で問われたので、とりあえず幻月《ルナ》の杖が他の誰かにまた魔法をかけたりしないよう、「後で話すから」と言ってイヤリングに戻ってもらって〈全能《イージス》の楯〉を解除し、こちらも小声で説明した。

「レグルーザを待ってたら、緑服のドクロ仮面に魔法で眠らされそうになったの。それがあたしに効かないことがわかると、今度は複数から攻撃された。だからこっちは防御魔法でそれを防いで、これからどうしようか考えてたらルナが怒って出てきて、襲ってきたドクロ仮面達を悪夢の底に沈めた。後は見ての通りだよ」

こっちから手出ししたわけじゃない、と主張しておく。

レグルーザは「そうか」とうなずくと、この場を仕切る壮年の役人に言った。

「これは私闘ではない。こちらは襲われたので身を守っただけだ。緑の服にドクロの仮面のその連中は、おそらく聖大公教団だろう。国を騒がす賊《ぞく》の捕縛《ほばく》に、結果的に協力したことになる。その返礼が逮捕とは、乱暴が過ぎるのではないか？」

対する役人は慣れた様子で言い返す。

「聖大公教団は脱走者を自分達の手で処刑する。その魔法使いが教団からの脱走者ではないとわかったら、すぐに解放すると約束しよう」

「彼女は俺の依頼人だ。教団からの脱走者などではない」

「皆そう言って罪から逃れようとする」

言ってから、壮年の役人は「依頼人？」とつぶやき、鋭い目つきでレグルーザを見た。

「傭兵ギルドの獣人か。名は？」

「レグルーザ」

一般人が脱兎《だっと》のごとく逃げ出して閑散とした広場の片すみで、じりじりとあたし達に近寄ろうとしていたお役人さん達が、ぴたりと足をとめた。彼らはあっという間に顔面蒼白《そうはく》になり、「まさか『神槍』か？」「ランクS傭兵の？」とささやき合う。

動揺する部下を「黙れ！」と一喝《いっかつ》し、壮年の役人はレグルーザを睨んだ。

「傭兵ギルド支部長の確認が取れたら信じよう。このままギルドまでご同行願う」

「その必要はありません」

お役人さん達の後ろから音もなく現れた、古風なメイド服姿のお姉さんがいきなり言った。

「そちらの方々は当家のお客さまでございます。今後、お二人への問い合わせについては当家を通されますよう、お願いいたします」

桃色の長い髪を左右二つの三つ編みにして前へたらしたメイドさんは、水色の瞳にあたし達を映すとおだやかに微笑んで一礼した。

「遅くなって申し訳ございません。お館《やかた》さまの命により、お迎えに参上いたしました」

レグルーザは顔見知りのようで、「ありがとう、エリー」とうなずく。

助けてもらえるようなので、あたしもぺこりとちいさくお辞儀《じぎ》して、『教授《プロフェッサー》』の関係者なのかなと思いつつ、じーっと彼女を見つめた。

ちょっとたれ目がちな瞳もふっくらとした唇も、成熟した大人の女性としての見事な体つきも人間そのものに見えるけど、このメイドお姉さんは魔法で造られた人形だ。

いや、魔法生物と言った方がいいのかな?

精巧な自動人形のように、内部でさまざまな魔法が噛みあって歯車のように動き、鼓動《こどう》しているのが視える。

琥珀の書《アンブロイド》に人間を操り人形にする魔法はあったけど、人形を人間みたいに動かす魔法は知らなかったので、けっこー驚いた。

「裏街の古鼠《ふるねずみ》が番犬を寄こすとは、ずいぶん物騒な客らしいな」

壮年の役人はメイドさんを見てあたし達を捕まえるのを諦めたらしく、捕縛したドクロ仮面達を運ぶよう部下に命じてから、不機嫌そうな顔で言った。

メイドさんは穏やかに微笑んだまま答える。

「わたくしは番犬ではなく、ただのメイドでございます」

「笑えん冗談だ。何十年経っても変わらんあんたの顔を見てると、寒気がする」

「まあ、寒気だなんて。風邪をひかれたのではありませんか？　こじらせると大変ですから、どうぞお大事にしてくださいな」

役人は苦虫を噛みつぶしたような顔をして、背を向けた。

それと同時にメイドさんが「どうぞこちらへ」と先導して歩きだし、レグルーザはあたしを抱えたままついていく。

しばらくして細い道から裏通りに抜けたところで、あたしはレグルーザに訊いた。

「あのドクロ仮面達って、聖大公教団のひとなの？」

「俺は直接、聖大公教団に関わったことはないが、おそらくそうだろう。彼らが何か事を起こす時は、緑の服にドクロの仮面をかぶると昔聞いた」

先導するメイドさんが「はい」とうなずいて教えてくれた。

「最近、聖大公教団は力ある魔法使いを次々とさらっているのです。彼らは人目があるところでも、標的が一人になると襲ってきて拉致し、警邏《けいら》が駆けつける前に逃走しています。そして一度見失ったら最後、彼らは服を脱いで仮面をはずすことによって、完全に姿をくらましてしまうのです。誰が聖大公教団なのかわからず、捕まえたとしても新入りの末端ばかりで教団についての情報が得られない。このため警邏達が殺気立って巡回しているので、先のように過剰な行動を取ってしまうのでしょう」

迷惑な話だなーと思ったけど、あの緑服とドクロ仮面が意外と厄介なものらしいと気づいて「ふむふむ」とうなずいた。

確かにあたしの白魔女衣装と同じで、服を変えて仮面をはずして一般人にまじったら、見つけだすのは難しいだろう。

「お前が魔法使いだと気づいて、一人のところをさらおうとしたのだろうな。しかし、どうしてあの場にとどまっていたんだ？」

レグルーザが不思議そうに訊いた。

お前ならいつでも逃げられただろう、と言われるのに、う、と返答につまる。

言えない。どっかの屋根に五人戦隊とかいるんじゃないか、と期待して探しまわっていたせいで逃げるの忘れたなんて、言えない……。

適当にごまかし、いぶかしげなレグルーザに「次はすぐ逃げろよ」と言われて「うん」とうなずいた。そう何度も襲われたくはないけど、もし次があったらお役人さんに見つかる前に逃げることにする。

メイドさんとレグルーザが裏通りを奥に進んでいく途中、背中に埋めこまれた風の宝珠《オーブ》がポゥッとかすかにあたたかくなり、天音《あまね》から連絡が来た。

「お姉ちゃん、もうごはん食べた?」

「さっきおやつ食べたとこー。今は移動中」

レグルーザは何も言わずに歩き続け、メイドさんもちらりと振り向いただけですぐ前を向いたので、声をちいさくして続けた。

公国の首都に着いて『教授《プロフェッサー》』のところへ行く途中だと話すと、つられたように天音も小声で「気をつけてね」と心配そうに言う。

今さっきドクロ仮面に襲われたよ、とは言えないので、「ありがとう。ところでそっちはどう?」と返した。

向こうはとくに問題なく旅を続けているようだったので、「詳しいことはまた明日」と話を早めに切り上げる。

「うん。それじゃお姉ちゃん、おやすみなさい」

「おやすみ、天音。よく眠るんだよ」

そうして通信を終えた頃、メイドさんとレグルーザはちょうど細い裏通りを抜けてにぎやかな繁華街に出た。

通りのあちこちに魔道具があり、明かりやお店の宣伝に使われている。

人も多くて騒がしかったけど、一部の人はメイドさんを見ると「ひっ」とちいさく悲鳴をあげて逃げていった。

そういえば、裏街の古鼠の番犬、とか言われてたけど、彼女はいったい何者なんだろう？

訊いてみようとしたところで、レグルーザに「しばらくの間、耳をふさいでいろ」と言われた。

「なんで？」と訊くと「知らなくていい」と不機嫌そうに言うので、とりあえず耳をふさいでみたらさらに毛布をかけられた。

見るな聞くな、ということらしいけど、視覚と聴覚を遮断しろとは言われなかったので、目と耳を影にとばす。

いくつかの角を曲がり、目的の場所と思しき店へ入るのに、レグルーザが言った。

「あれは別の出入り口を作る気はないのか？」

「今のところ、なさそうです。とくに困ることはありませんし、お館さまは研究以外のことについては無頓着なお方ですから」

メイドさんは平然と答えながら、慣れた足取りで店の中を歩いていく。

そこはほとんど下着姿じゃないかというようなきわどい格好に、きらびやかなアクセサリーを身につけた色っぽいお姉さん達が、酒場らしき大部屋の真ん中で踊っている店だった。

腰をふる動きでシャンシャンシャン、とアクセサリーが鳴る、ベリーダンスみたいな踊りだ。

お姉さん達はレグルーザを知っているようで、通り過ぎようとするのを見て踊りながら唇をとがらせて声をかける。

「『神槍』さま、また素通りなのぉ～？」

「ちょっと遊んでいきましょうよ～」

「誰を抱っこしてるんですかぁ～？」

「や～ん！　抱っこするならアタシにして～！」

一人が声をあげるとすぐに他のお姉さん達がのってきて、きゃあきゃあと遊びながら声をかけてくるので大騒ぎだ。酒を飲んでいる客達はそれもふくめて楽しんでいるらしく、レグルーザに「誰か選んで連れてけー」と言って笑っている。

レグルーザは疲れた様子で奥の赤い扉へ直行し、三人が部屋に入るとメイドさんが扉を閉めて鍵をかけた。

その瞬間、部屋に仕掛けられていた魔法が作動して結界が展開され、隣の部屋にいる人々の声を遮断する。

なんだかいろいろな魔法が仕掛けられた部屋だ。おもしろいなー、と影からあちこち見てまわっていると、ため息まじりにレグルーザが言った。

「いいかげん、出入り口を変えてくれ。あるいは裏口から入る許可を頼む」

「おめーさん、また素通りしてきたのかぃ。若《わけ》ぇくせに枯れてやがんなぁ。ウチの娘は愛嬌たっぷりの器量良しぞろいだぞ、ちっとは楽しんでこいや」

お姉さん達の声を完全スルーしてきた大トラに、あきれた口調で言うのはキセルをくわえた三毛猫。いろんな物が置かれた雑多な事務室、といった感じの部屋の奥にある一人用ソファで、高く積まれたクッションの上にでーんと寝そべっている。

うはー。このネコもメイドさんと同じ魔法生物だー。

しっぽが二股《ふたまた》にわかれてるから、ネコマタ風？

もっとよく見たくて、思わず体を動かしたのはマズかった。

ベリッと毛布をはがしたレグルーザに睨まれる。

「聞いていたのか？」

「耳はふさいでたよ？」

言われた通り両手で耳をふさいだまま答えると、普通に聞こえてるじゃないかとため息をつかれ、ついでに腕から降ろされた。

レグルーザ、ため息ばっかりついてると幸せが逃げちゃうよ。

「その子がさっき言ってた魔法使いか。確かにケタ違いの魔力だなぁ。おいらのヒゲにもビリビリきやがる」

魔法生物な三毛猫が、キセルをふかしながら琥珀色の眼であたしを見た。

「おいらはミケだ。『教授《プロフェッサー》』の家につながる門の管理を任されてる。ついでにこの店の」

「その説明は必要ない」

レグルーザに言葉をさえぎられ、ミケは笑うように眼を細めて白い煙を吐いた。

「へぃへぃ、すぐに開けてやらぁな。珍しく『教授《プロフェッサー》』が玄関先で客人をお待ちかねだ」

クッションに寝そべった三毛猫は前脚で器用にキセルを掴むと、そばにある小机の灰入れの縁をコンと叩いて、ぽとりと灰を落とした。

瞬間、部屋に仕掛けられていた魔法がまた動き、入ってきた扉の色が赤から緑へと変わる。

扉からつながる空間を変える魔法みたいだ。侵入者対策なのか、扉を通ったものについての情報をどこかへ送る機能もつけられている。

その扉を開いたメイドさんが、「どうぞ、こちらでございます」と先導するのについて行こうとしたところで、後ろからミケが言った。

「お嬢ちゃん、ハデに騒いで遊びたくなったらウチにおいで。いつでも楽しませてやるからなぁ」

レグルーザが咎《とが》める口調で低く「ミケ」と呼んだが、三毛猫は気にする風もなく「たまにゃあ息抜きしろや」と答えて二股しっぽを揺らす。その様子に悪意などは感じられなかったので、あたしは「うん」とうなずいて、またね、と手をふり扉をくぐった。

◆◆◆◆第九十五話「四冊目なんかいらない。」

緑の扉の先にあったのは、ひろい庭とレンガ造りの大きな家だった。庭の右手には鉄の枠組みにガラスをはめこんで造られた温室があり、左手にはいろんな種類の野菜が植えられた畑がある。

警戒心の強い魔法使いの屋敷らしく、その家の敷地は高いレンガ塀《べい》で囲われてから、さらに古代言語《エンシェント・ルーン》による防御結界や空間歪曲《わいきょく》や認識干渉などの魔法によって守られていた。

あたしは〝闇〟と意識をつなげてここが公国首都のどこかにある家だとわかったが、実際には隣の家の住人ですらこの家の存在を知らないだろう、というくらい徹底的に外部から隠されている。

そうして数秒で場所を把握《はあく》すると〝闇〟から意識を切り離し、あたしは玄関先に立っている少年と、彼の足元でうろうろしているモノ達を見た。

レンガ造りの家も温室や畑のある庭も可愛らしい雰囲気だが、そこを守る魔法だけ見るならまるで要塞《ようさい》のようだ、とか。この屋敷の魔法使いは、遠い昔に知識が失われたという古代言語《エンシェント・ルーン》を現役で使用しているようだ、とか。

いろいろ気になることはあったのだが、玄関先の少年はそれ以上にナゾだ。

「レグルーザ。あの子は何をやってるの?」

「初心者《ビギナーズ》の食料に何かやらせようとしているようだが。彼が外へ出ているのを見るのは初めてだ。いつもは研究室にこもっているか、ソファに寝転がっている」

小声で話すあたし達の後ろで、メイドさんが扉を閉めて少年に声をかけた。

「お館さま。お客さまをご案内して参りました」

「ありがと〜。ちょうど準備ができたところだったんだ」

ふわふわした栗色の髪と緑の目、五、六歳くらいの小柄で愛らしい顔立ちをした少年は、上機嫌な笑顔で答えて言った。

ちいさな手に白い杖を持ち、あちこち汚れただぶだぶの白衣を着た彼が「お館さま」らしい。

「じゃあみんな、はじめ〜」

お館さまが指揮をするように白い杖を動かすと、彼の足元でうろうろしていた歩く根菜達がいっせいにあたし達の方を向いた。三つの黒い点みたいな目と口がついた、ニンジンやタマネギ、ダイコンやカブ、サトイモ、サツマイモ、ジャガイモなどなどエトセトラ。

あたしは思わずレグルーザの後ろに隠れた。

「楯にするな」と文句を言うレグルーザも、いきなり自分達の方を向いて踊りだした根菜達にちょっと引いている。

「ハ〜レ〜」

しかもその踊りは、どじょうすくい。

「ホ〜レ〜」

いったい何がしたいんだ。

メイドさんは相変わらずにこやかで動じていなかったが、あたしとレグルーザは頭の上に「？」が乱舞していた。

前にエンカウントした時のように頭の葉っぱから黄色い粉を出してきたりはしないので、この根菜達は危ないものではなさそうだが。

ナニこれ何なの？

一方、玄関先では根菜達がてんでんばらばらに「ハ〜レ〜」「ホ〜レ〜」と歌いながらどじょうすくいを踊りまくり、しばらくしてそれが終わると、少年の指揮でお辞儀までしてみせた。

彼はキラキラと輝く瞳でまっすぐにあたしを見て言う。

「我が家のマンドレイク達による歓迎の舞でした〜。楽しかった？」

「……はぁ。それはどうも、ありがとうございます？」

なんとも気の抜けた返事になったが、それ以外に何と言えばいいのかわからない。肩の力が抜けたというか、脱力したというか。

そんなふうに気が抜けていたので、油断してしまった。

その少年はさまざまな古代言語《エンシェント・ルーン》の魔法を服のようにまとった不思議な人間だったのに。

レグルーザの後ろに隠れたままのあたしのところへトコトコと歩いてきて、一冊の本を差し出し。

「それじゃもう一つ、歓迎のしるしにこれどうぞ～」

と言われたので、「あ、どうも？」とうっかり受け取ってしまった。

それが手に触れると同時に視界がくらりと揺らぎ、まばたきをすると別の場所にいる自分。

そういえばちいさい頃、「知らない人から物をもらっちゃいけません」って言われたな、と思い出したがもう手遅れだ。

古びた図書館の中のようなところで、どこからともなく響いてくる声を聞く。

《我が主に選ばれし者よ》

ぎゃー！
コレ、魔導書《グリモワール》だー！
四冊目なんかいらないんですけどー！
と、叫んだが意味はなく。
《我は水瓶《みずがめ》。汝の器へ、我に記されし知識《みず》をそそごう》
あれ、そのセリフ、どっかで聞いたような気が、と思ったのが最後の記憶。
《この知識が汝の探究の旅の糧となることを、望む》
流れ込んでくる膨大な知識に押し流され、意識が消えた。

〈異世界五十五日目〉

最悪の気分で目を覚まし、腕に本を抱いていることに気づいて投げ捨てた。

ベッドの上から毛足の長い絨毯に落ちたそれは、トサッと軽い音を立てて床に沈む。

頭痛い気持ちわるい頭痛い。というかあの魔法使い殴りたい。

頭の中はそんな思考でぐるぐるだ。

サディスティックで「悪魔召喚しちゃおうぜ！」的な血まみれの魔導書《ブラッディ・グリモワール》も、外道で「死霊召喚して死体操っちゃおうぜ！」的な黒の聖典《ノワール・バイブル》も、精神が壊れてる「人間を人形にして操っちゃおうぜ！」的な琥珀の書《アンブロイド》もかなりヒドかったが、「お館《やかた》さま」と呼ばれたあの少年に渡された魔導書《グリモワール》がある意味一番ヒドい。

魔導書《グリモワール》のタイトルは生命解体全書《ライフ・アナトミア》、著者はアンセム。

古代言語《エンシェント・ルーン》で記されていた知識は文字通り「生命について」で、前半は内臓の機能や損傷を受けた場合の修復法とか、魔法で造った複製体《クローン》からの臓器移植とか、魔法の医学書みたいな感じなんだけれども。

途中からそれを応用した魔法生物造りへ走り、後半は「不老不死」を目指す研究に入って、そのための魔法とセットで、実験した時の結果や経過の詳細についても記録されていて、それがどれもグロいのだ。

もう本当に、どんだけ人体実験してんだお前ー!!　という内容。なので前半部分で回復魔法を習得した喜びなどひとかけらも感じられず、ただひたすらに頭痛くて気持ちわるくて頭痛いのだが、それを全部知っていて渡してきたであろうあの魔法使いを殴りたい。

しかもなにげに意思確認がなかったのも大減点だ。

血《ブラッディ》まみれの魔導書《グリモワール》ですら「知識を望むか?」って訊いてきたのに、生命解体全書《ライフ・アナトミア》は問答無用で流し込んできたのだから、もう最兇最悪の魔導書《グリモワール》第一位決定。

相手の記憶を遡《さかのぼ》ってすべてコピーした後、その精神を殺して体を乗っ取るという罠《トラップ》が仕掛けられていた琥珀《アンブロイド》の書もヒドかったが、あれはまだ著者が故人という救いがあった。

が、生命解体全書《ライフ・アナトミア》の著者は健在。

……ふふ。ふふふふふ。

今からこの手で故人にしてやるー!

と意気込んで、見覚えのない部屋のベッドでなんとか上半身を起こそうとしたのだが。頭がくらりとして、再び意識を失った。

◆◆◆◆第九十六話「魔女のくちづけ。」

〈異世界五十六日目〉


ぐるぐるきゅー、と自分のお腹が鳴く音で目が覚めた。

「ご、はん……、ごはん……」

「おはようございます、お嬢さま」

うわごとのようにつぶやいていると、ベッドのそばでイスに座っていた桃色髪のメイドお姉さんが言った。

「お腹がすいてらっしゃるんですね。すぐに食事をお持ちいたしますが、まずはお水をどうぞ」

いたれりつくせりな待遇で、あたしはベッドから一歩も動くことなく水を飲ませてもらい、甘い味付けのリゾットみたいなごはんをもらう。こっちにもお米みたいな穀物があるらしい。

そしてお皿いっぱいのリゾットを完食して満足した後、ようやくまだ自己紹介してなかった、と気づいた。

「ごちそうさまでした。……えーと」

「わたくしのことはどうぞエリーとお呼びください、『銀鈴の魔女』リオさま」

言うまでもなく黒歴史付きで知っているらしい。

レグルーザが話したのかな、と考えたところでようやく思い出した。

そうだ、生命解体全書《ライフ・アナトミア》を強制プレゼントしてくれたお礼をしに行かなければ。

にこやかな笑顔で「『教授《プロフェッサー》』はどちらにいらっしゃいますか？」と訊いて、エリーに案内を頼んだ。

レンガの壁と磨きこまれた木で造られたこの家は、三毛猫の店の扉から来た『教授《プロフェッサー》』の屋敷で、生命解体全書《ライフ・アナトミア》に触れて気絶したあたしは二階の客間に寝かされていたんだそうだ。

白魔女仮装のままだったことに今さら気づき、エリーに廊下で待っていてもらうよう頼んで、まずは服を着替えたり顔を洗ったりして身支度を整えた。

いつもの白一色の衣装ではないものの、状況がよくわからずレグルーザの許可もないので、また仮面を装着。

昨日あたしが床に投げ捨てた生命解体全書《ライフ・アナトミア》がサイドテーブルに置かれていたのを見つけると、それを持ってエリーの案内で一階へ降りた。

家の中は魔法で空間を拡張してあるようで、外から見た時より中がひろく、おまけに廊下に飾ってある花瓶や絵画などにも魔法がかけられているという魔法づくし。いきなり魔導書《グリモワール》を渡された怒りがなければその緻密な魔法の構造を「おもしろい」と楽しめただろうが、それどころではないあたしはわき目もふらずに案内された一階のリビングへ入ると、昨日の少年がソファに寝転がっているのを見て、手に持っていた本を投げつけた。

少年はドカッ！　と足に当たって床に落ちた魔導書《グリモワール》を気にするふうもなく「やぁ、おはよ～」と手を上げたかと思うと、隣のソファに座っていた美少女に首根っこを引っ掴まれ、強制的に床の上で正座させられた。

「申し訳ございませんでした」

なぜ自分が正座しているのか、わけがわからない、という様子できょとんとしている少年の隣で同じく正座して、その少女はまっすぐにあたしを見て言う。

「うちの愚弟《ぐてい》がたいへんなご迷惑をおかけいたしまして、まことに申し訳ございません。煮るなり焼くなり刺すなり吊すなり、ずんぶんにしていただいて結構ですので、どうぞ」

……どうぞ？

いまだ身の内は怒りに猛っていたが、ふわふわの栗色の髪が少年そっくりな少女が、桃色の瞳にあたしを映して言ったことがとっさに理解できず、まごついた。

隣に正座させた少年を「愚弟」と呼ぶ彼女は、ビスクドールみたいな美少女だ。けれど表情はきりっとして凛々《りり》しく、とても冷静でマジメそうな感じ。

なのだが、「どうぞ」って、どういう意味？

話について行けないあたしを置き去りに、状況を理解したらしい少年がかるく肩をすくめて言う。

「まあしょうがないか。三回か四回くらいなら殺されてもいいよ～」

「軽々しく言うものではありません、アンセム。そのような態度では許していただけるものも許してもらえなくなります。三回か四回などと言わず、こちらの方の望むだけの裁きをきっちり受けなさい」

「え～。そんなことより早く研究に協力してもらいたいんだけど」

「アンセム！　いいかげん、その悪癖を直しなさい！　すべての人が魔法の研究のために生きているのではないのですよ」

マイペースな少年を、凛々しい表情で叱る少女。

何がなんだか訳がわからず、姉弟のやりとりに勢いを削がれた。

誰か説明してくれ、と周囲を見まわして、ようやく同じ部屋にレグルーザがいるのに気づく。

大トラは少年達のそばのソファに座って新聞を読んでいる最中だったようだが、あたしの視線に気づくとうなずいてみせた。

「おはよう、レグルーザ。何が起きてるのか、知ってたら教えてもらえる？」

レグルーザの隣に座ったあたしに、エリーがお茶を用意してくれた。

ひろげていた新聞をたたみながら「おはよう」と答え、正座したまま少年を叱り続けている少女を示してレグルーザが言う。

「彼女はアンセムの姉、カミラだ。俺は昨日初めて会った」

「ふむ。『教授《プロフェッサー》』のお姉さんね。ところで気のせいだろうと思うんだけど、二人ともあたしにアンセム殺してもいいよ、って言ってない？」

弟を叱ってたカミラが、その言葉を聞いて、くるりと振り向いた。

「はい。何度でもご自由にどうぞ。愚弟は三回か四回で済ませてもらいたがっているようですが、十回や二十回殺してもどうということはありませんので」

「……うん？」

人間は一度殺されれば死んでしまうはずだが、どういう意味だろうと考えて、ふと思いつく。

そういえば生命解体全書《ライフ・アナトミア》の後半は、不老不死の研究。成功例は載っていなかったはずだが。

「もしかして『教授《プロフェッサー》』って、不老不死？」

「私はそうですが、弟はちょっと違います」

カミラがさらりと答えると、その隣でアンセムは困ったように微笑んで言った。

「姉さん、後でぼくがちゃんと順番に説明するから。いきなり言っても混乱させるだけだよ」

「アンセム、本当にきちんと説明できるのですか？　……いえ、そんなことよりも、まずは生命解体全書《ライフ・アナトミア》を継がせてしまったことをお詫びしなくては」

どうも責任感、といっていいのかどうか不明だが、そういう気持ちが強いらしく、カミラは凛《りん》とした表情で立ちあがった。

「『銀鈴の魔女』さまが手を汚したくないとおっしゃるなら、代わりに私がやります」

ほっそりとしたその手には、いつの間にか出刃包丁《でば》が握られていた。よく研がれた刃がギラリと兇悪に光る。

少女は慣れた手つきでごく自然にそれを持って、マジメな顔であたしに訊いた。

「八つ裂きがいいですか？　それとも手足からみじん切りにしましょうか？」

「え。グロいのはやめてほしい。さっき、朝ごはん食べたとこだし。というかその出刃包丁、今、どこから取り出したの？」

思わず止めて訊くのに「乙女の秘密です」と答え、カミラは考えこむようにつぶやく。

「刃物がお嫌いなら、火あぶりか毒物にするべきでしょうか」

「姉さん、彼女はまだ若い女の子なんだから、最初はできるだけキレイにいこうよ。ほら、さっき『魔女のくちづけ』取りに行ってたでしょ？」

「そうですね。やはりまずはこれからにしましょう」

被害者を置き去りにさっさと話が進められ、アンセムは「それじゃ、いきま～す」と言ってカミラから渡された赤い小ビンの中身を飲んだ。

ちいさなのどがコクリと動き、三秒でその効果が表れる。

正座をしていた少年がぐらりと傾《かし》ぎ、そのまま無防備に倒れたのだ。

腕を投げ出すように転がったその体はもう、ぴくりとも動かない。

そしてさらに五秒ほど経過すると。

アンセムの体はさらりと崩れて、白い灰と化した。

服と靴と、灰の山が絨毯に沈む。

……。……にんげん、が、はい、に、なった、よ？

「魔女のくちづけは、一滴で人を死にいたらしめる猛毒の魔法薬です。飲んだものは苦しむ間もなく一瞬で死にます」

驚きで頭が真っ白になり、ぱかーんと口を開けているあたしにカミラが解説してくれる。

ちなみにその隣では箒《ほうき》とチリ取りを手にしたエリーが、慣れた様子でさかさかとアンセムだった灰や服を片づけている。

え。なに。え？　今、何が起こったの？

混乱しているところへ、さらに追い打ちをかけるように部屋の扉が開けられた。

「ただいま～」

そこには先ほどエリーの隣で正座させられていたのと、まったく同じ姿をした少年がいた。

『教授《プロフェッサー》』アンセム。

彼はサイズの合わない白衣の裾《すそ》をずるずる引きずりながら歩いてきて、エリーが掃除したところへ座ると。

「次はどうしようか～？」

「のおおぉぉー!?」

何事もなかったかのように平然と訊いてきたので、あたしは思わずへんな叫び声をあげてソファから飛びあがると、あわあわと急いでレグルーザの後ろに隠れた。

死んで灰になって蘇ってきたよ！　何、このホラーハウス！

一方、またもや楯にされたレグルーザは、厳しい表情で口を開いた。

「これを見せられるのは三度目だ。二人ともいいかげんやめてくれ。こんなものは謝罪ではない」

カミラは「ですが」と真剣な顔で何か言おうとしたが、それを封じてレグルーザが言葉を続ける。

「アンセムが通常の方法で殺せないことはよくわかった。だがそれだけだ。三度とも彼は殺されることに何の抵抗もせず、しかもすぐに平然と戻ってくる。こちらは悪趣味きわまりない劇を見せられている気分だ。謝罪したいというなら、まずはいきなり魔導書《グリモワール》を渡された彼女に事情を説明すべきだろう」

自分も聞かせてもらう、と大トラが言うと、カミラは深いため息をついた。

そしてようやく兇悪にギラつく出刃包丁をしまい（どこに入れたんだ?・）、また弟の隣にちょこんと正座する。

「アンセム、説明なさい」

「は〜い」

どこまでも凛としてマジメな姉とは真逆に、アンセムはのんべんだらりとした口調で答えた。

「それじゃ説明するね〜」

そうして驚きっぱなしのあたしと不機嫌なレグルーザに、自分達の身の上を語り始めた。

「むか〜しむかし、魔法使いの男が歌姫に恋をしました。歌姫も男のことが好きになったので、二人は恋人になって、子どもを授かりました。一番目に生まれたのは女の子、二番目に生まれたのは男の子でした〜」

姉は生まれつき体が弱く、弟は強い魔力を持っていた。

母親は姉を溺愛して歌を教え、父親は弟に魔法を教えた。

家族は幸せだったが、体の弱い姉が不治《ふち》の病にかかって生死の境をさまようようになったことで、その幸福は壊れる。母親は必死で看病し、父親と弟はその病をなんとかしようと魔法の研究にのめり込んだ。

当時は不老不死の研究が貴族の間でひそかに流行していて、優秀な魔法使いだった父親は彼らから資金提供を受けて多数の人体実験を行った（その試行錯誤《しこうさくご》と実験結果を記したのが生命解体全書《ライフ・アナトミア》の後半）。

しかし何度実験をしても成功はせず、姉はどんどん弱っていく。看病する母親も疲れて精神に異常をきたしはじめ、「自分の命を捧げるから、どうかこの子を死なせないで」と夫に願うようになる。

そして父親は試行錯誤の末、妻と自分の命を使って娘に魔法をかけた。

その結果、夫婦は死に、魔法は成功。

後には不老不死となった八歳の娘と、弟が残された。

「父さんも母さんも、かなり追いつめられててさ。そんな状況になったらぼく達がどうなるか、わかってなかったみたいなんだよね～」

間もなく父親に資金提供していた貴族達が現れ、嫌がる姉と家中の研究資料を奪っていった。

ひとり残された弟はその貴族のもとへ行き、自分は父親から教育を受けているから役に立つと主張、彼らの所で研究を続けさせてもらえるよう、姉と引き離されないよう頼んで受け入れてもらった。

弟は不老不死の魔法を解明して、姉を元の体に戻そうと思ったのだ。

けれど何年経っても父親がどうやって姉を不老不死にしたのかは不明で、貴族のもとで研究を続ける弟も、姉を元の体に戻すことができないでいた。

そうこうするうちに貴族の方が歳をとり、のんびり待ってはいられなくなる。

彼は不老不死の娘がいるのに自分が死にかけているということに怒り狂ってひどいことをするようになったので、弟は姉を連れて逃げた。

それからは逃亡生活。

今までの研究を元に弟は自分も擬似《ぎじ》的な不老不死状態となり、姉を守って各地を旅し、魔法の知識を収集しながら暮らしていた。

「そんな時にテンマと会ったんだ～」

二代目勇者テンマ・サイトウはちょうど魔大陸へ渡る方法を考えていたところで、魔法に詳しい人材を集めていた。そこで各地を転々としながら研究を続けているせいで名が知られていた弟が誘われ、二人はテンマが拠点とする東の地へ行った。

弟は空船《スカイ・シップ》を造るのに協力し、いろいろあって姉弟と親しくなったテンマは、二人の事情を知って「もう逃げないで暮らせるようにしよう」と、その方策を一緒に考えてくれた。

「おかげで今はのんびり暮らせてるから、テンマには感謝してるよ。まあぼくも、その関係で今でもいろいろやらされてるから、お互い利益のために協力しただけ、って気もするけどね～」

説明を終えたアンセムに、あたしとレグルーザは目を合わせた。

まさか二代目勇者テンマ・サイトウ、現在は幼なじみのリョーコちゃんのところへ婿養子に行って「神崎天真」になっている彼の関係者だとは思わなかった。

知ってて連れてきたの？　と無言で訊くあたしに、いいや、知らなかった、とこちらも無言で首を横にふる大トラ。

それまで黙っていたカミラが言った。

「弟はずっと、私の体を元に戻そうとしてくれています。そのために魔導書《グリモワール》、生命解体全書《ライフ・アナトミア》を記し、テンマさまの時も不意打ちで持たせて知識を継承させて、研究の手伝いをさせてしまいました」

悲しげで申し訳なさそうなカミラに、アンセムはマイペースな調子で言う。

「そのかわりテンマが望んでた空船《スカイ・シップ》の開発も、魔法研究所《ウィザーズ・ラボ》の発足とかも手伝ったでしょ～。エリーも注文通りに造ってあげたし、他にもいろいろやって、対価はちゃんと支払ってるよ」

あたしは思わず部屋のすみで控えているメイドお姉さんを見た。

彼女についてのテンマからの注文をもうちょっと詳しく訊いてみると、アンセムが「よかったら身の回りの世話をする魔法生物を造るけど、どんなのがいい？」と訊いたところ、二代目勇者は「ゆるふわ系メイド美女で頼む」と即答したんだそうだ。彼いわく、「癒しがほしい」とのことで。

そうして造られたエリーは立派に役目を果たし、彼が魔大陸に渡る直前に「これからはアンセムとカミラの世話をしてやってくれ」と言われて二人の元に残り、今も彼らをお世話しているという。

へー、とうなずき、あたしはエリーに訊いてみた。

「二代目勇者のこと、何て呼んでたの？」

ゆるふわ系メイド美女は笑顔で「ご主人さま」と呼んでいたと答えた。

神崎さん、ドン引きです。

元の世界へ戻れたら、こっそり「ご主人さま」と耳打ちしてみようかな。ちょっと楽しみだ。

と、話がそれたので、軌道修正。

「それで、あたしに生命解体全書《ライフ・アナトミア》を持たせたのも同じ理由？　カミラさんの体を元に戻す研究を手伝わせるため？」

そうだよ、とアンセムはあっさりうなずいた。

「三代目勇者の義理の姉が『神槍』レグルーザと一緒に行動してるってことは、知り合いから聞いてたからね～。ついでに『星読みの魔女』が君の仲介で三代目勇者の一行に加わったことも、北の『紅皇子《クリムゾン》』と一緒に『黒の塔』の『茨姫』と戦ったことも、あと君達はテンマと同じ世界から来たらしい、ってことも聞いてる。そしたら話題のレグルーザがぼくのとこに来て、連れが血まみれの魔導書《ブラッディ・グリモワール》と黒の聖典《ノワール・バイブル》と琥珀の書《アンブロイド》を持ってるから鑑定してくれって言うでしょ？　これは見込みのありそうな子だから、ついでにあと一冊手に入れてもらって、ぜひぼくの研究を手伝ってもらおうと思ったんだ～」

なんでそんなにいろいろ知ってるんだ、という疑問はあるが、とりあえずそれは置いといて。

「その研究に協力したら、対価として何をくれるの？」

アンセムは初めて、それまでのへらへらした表情を消した。

すると長い時を生きてきた魔法使いとしての、鋭くもよく熟してやわらかい光が緑の目に宿っていることに気づかされる。

それは深く、おそろしいほどに重い。気が遠くなるほどの時を超えてきた魔法使いの、目。

息をのみ、魅入《みい》られたように見つめ返すあたしに、彼は静かな口調で答えた。

「テンマ・サイトウと研究した、送還陣に関する魔法についてのすべてを教える。そしてぼくも君とともにその研究へ戻ろう。だけど一つだけ承知しておいてほしい。

彼は人の魔法では、元の世界へ帰ることはできなかった」

その言葉は心の奥へ重く響き、ゆっくりと沈んでいった。

◆◆◆◆番外編「義姉の日常。」

とある夏の休日のこと。

我が家の万年新婚夫婦《おとーさんとおかーさん》が海岸デートへ行くというので、あたしと天音《あまね》はその間、近くの遊園地で遊んでいることになった。

ナマケモノなあたしは、せっかく学校が休みなのに、わざわざ人の多いところへ出かけるなんて面倒くさい、と思ったが。お出かけ好きな天音は大喜びだし、うちの家族行事は基本的に強制参加なので、あたし一人だけ家で寝ている、なんてワガママが許されるはずもなく。

その日の朝、あたしはおかーさんの選んだ水色のワンピースとサンダルと麦わら帽子に、キャラメル色のレトロなベルトポーチという格好で、半分寝ぼけたまま車の後部座席へ放り込まれた。

それから間もなくして、こちらは自分で身支度を整えた天音が隣に乗り込んでくる。

「お姉ちゃんそのワンピース、すごく似合ってて可愛い！　見て、わたしも今日、それの色違いなの。サンダルも一緒に買った、お揃いのなんだよ」

楽しげにはずむ声に呼ばれ、まだ寝ぼけながら「んー？」と隣を見て、そこにいた天音の姿に思わず座席からずり落ちそうになった。

……ま、まぶしい。

普段はピンで留める程度で自然に流している髪を、今日は大きく結い上げて飾り付きのヘアゴムでまとめ、小さな花のアクセントが付いたピンをさしている。

いつもは隠れているうなじは透き通るようにみずみずしく、清楚な白のワンピースはしなやかな体にそってやわらかな曲線を描き、華奢《きゃしゃ》な足首に巻き付くサンダルの細い革紐は、可愛らしいのにどこか妙な色香があった。

毎日見ている顔だから、いいかげん慣れているはずなのだが。

それでも外出用に身支度を整えた美少女の破壊力というのは、すさまじいもので。

「……う、うん。オジョウサン、カワイイネー」

「え、なんでそんな棒読み？　どこかおかしい？」

慌てた様子で自分の格好を見おろし、おろおろしながらチェックする天音を、何も変じゃない、十分可愛いからそのままでいい、と言って落ち着かせ、ため息を飲み込んだ。

あたしが着ると〝ただのシンプルなワンピース〟なのに、天音が着ると〝洗練されたデザインのワンピース〟に見えるのは不思議でもなんでもないけど、とにかく似合いすぎていて、本能が危険を叫んでいる。

危険キケン！　装備ガ不足シテイマス！　的な黄色警告《イエロー・アラート》。

確かに、校則に忠実な女子高生スタイルでも注目され、隙あらばナンパされる美少女がこんな格好をしていたら、いろんな意味で危ない。

「ごめん、ちょっと忘れ物したー」

すぐ戻るから、と言いおいて車から降りると、家へ戻って履くのも脱ぐのも面倒なサンダルの革紐を外し、ぱたぱたと小走りに自分の部屋へ入る。

昼間しばらく別行動になるとはいえ、今日はおとーさんが近くにいるから、たぶんコレを使うことはないだろうけど。

備えあれば憂《うれ》いなし。

勉強机の引き出しを開け、奥から取り出した物をベルトポーチに入れて、装備品追加。

「里桜《りお》、そろそろ行くぞー？」

「あいー。今いくー」

外から呼ぶおとーさんの声に返事しながらサンダルを履いて、ぱたぱたと玄関を出た。


本日は快晴なり。

遊園地の入り口近くで天音と一緒に車から降りると、早くも強烈な夏の陽射しに負けそうになりながら麦わら帽子をかぶった。

これも天音とお揃いだ。今日は格好だけなら双子並みのペアルックで、それを見る親達の満足げな顔には苦笑するしかない。

あたしは天音と違って一瞬で人ごみにまぎれる平凡顔だというのに、「うちの子可愛い！」という微笑ましげな親バカ顔で、義妹と一緒に見守られるのだから。

「夜の花火イベントまでには連絡して、合流するからな。携帯落とすなよ」

「うん。だいじょーぶだよー」

注意されるのにうなずけば、運転席からおとーさんがいい笑顔で「楽しんでこい」と手を振るので、「そっちもねー」と手を振り返した。

その横で、天音は助手席のおかーさんから「お姉ちゃんとはぐれないよう、気をつけて」とちょっと心配そうに言われ、「手をつないでいくから大丈夫！」とにっこり笑って答える。

……え？

まじですか、と横を見れば、すでに手を取られてしっかりとつながれていた。

それなら大丈夫ね、と安心した顔をするおかーさんに一言もの申したい気分になったが、おとーさんが車を出してさっさと行ってしまったので何も言えず。

「お姉ちゃん、何乗りたい？」

「んー。とりあえずコーヒーカップ？」

「ええー。また思いっきりテーブル回して、高速回転させるつもりなんでしょ」

「お姉ちゃんは期待を裏切らない女だからね」

「そんな期待してないよー！」

「じゃあジェットコースターの落下写真でアクロバティックなドヤ顔して、負けた方が観覧車の一番上で荒ぶる鷹のポーズをするゲーム」

「それ、どっちも罰ゲームだよ！　もぅ、なんでそうなるの～」

あたしの提案に笑いながら返す天音と手をつないだまま、入場ゲートへと歩いていく。

里桜の方がお姉ちゃんだから、という理由で今日のお小遣いを全額渡されているので、入場券と、一日自由に乗り物に乗れるチケットを買って天音に渡した。

ゲートをくぐるとまた手をつないで、家族連れでにぎわう遊園地を歩く。

「やっぱり最初はジェットコースターがいいな！」

「はいはい。じゃあ一番デカいのに並びに行くかー」

「はーい！」

天音は幼い子どものように無邪気にはしゃぐ。

美少女度が普段の八割増しくらいになっているその笑顔に、周りで数人の男性が足を止め、隣にいた女の人に怒られていた。

うんうん。よそ見はダメだよー。うちの子はあげないし。

遊園地は基本的に一緒に来る連れがいる人達の遊び場なので、普段よりナンパ率は低い。

が、なかには男子学生三人で遊んでいるという人達もいて、天音は当たり前のようにジェットコースターの順番待ちの時に声をかけられたりしたが、安定の天然でスルーした。

「今日はお姉ちゃんと二人でデートする日なので」と笑顔でさらっと言われた時は、彼らと一緒にあたしも固まったけど。

それ以外はとくに何も起こらず、遊園地の入場後から一定の距離を置いてついてくる嫌な視線を感じながら、お昼時になったので食事にすることにした。

サンドイッチを買ってパラソル付きのテーブルで食べ、ちょっと休憩しようとのんびりしている間に、天音が携帯を見る。

「あ、メール返ってきてる」

「おー。さっきの写メか。反応はどう?」

「すごい笑ったみたいだよ」

「よし。本日のミッション達成」

「ええ? お姉ちゃん、遊園地に何しにきたの。……っふ」

「ん? どしたの?」

「お父さんの返信メール見てたら、さっきのお姉ちゃん思い出して」

うくく、と手で口元をおおって肩をふるわせ、天音は「がまんできないー」と言ってまた笑い出した。

ストローに口をつけてジュースをじゅるるるる~、と飲みながら、あたしはアレそんなにおかしかったかなーと首をかしげる。

ジェットコースターのアクロバティックなドヤ顔落下写真対決は、最初からやる気の無かったあたしが負け、真正直にドヤ顔を撮影された天音が「お姉ちゃんのばかー！」と怒ったので、次に乗った観覧車の頂点であたしは荒ぶる鷹のポーズを華麗に決めてみせたのだが。

何がツボだったのか、天音はそれに大爆笑。

珍しくお腹をかかえるほど笑い転げながら携帯のカメラで何枚も写真を撮り、一番キメ顔になっているものを選んで、おとーさんにメールで送ったのだ。

その返信メールにはそれぞれ、おかーさんから「ワンピースでそのポーズはやめなさい」というやんわりお叱りメッセージと、おとーさんから「飛んでるな（笑）」の一言感想が付いていた。

あと、添付ファイルに砂浜の波打ち際でおかーさんがたたずんでいる写真が一枚。

美女は何をしていても絵になる、という言葉の見本のようにみごとなその写真は、「どうだ俺の嫁」というおとーさんの自慢げな顔がすけて見えるような出来映えで、この万年新婚夫婦め、と天音と一緒に笑った。

「あれ？　天音ちゃん？」

そうして携帯を見ていると、天音の友達が声をかけてきた。違う高校へ進学した中学時代のクラスメートの女の子四人だそうで、たまたまタダ券が手に入ったのでみんなで遊びに来たのだという。

「すごい偶然だね！」

「ねー！　見つけた時びっくりしたよ！」

天音は友達が多いので、外出先でこうして声をかけられるのはよくあることだ。

これからジェットコースターに乗りに行くんだけど、天音ちゃんも一緒に行かない？　と誘われて、すこし迷ったようにこちらを見るのに答える。

「いいよ。あたしはもうしばらくここで休んでるから、行っといで」

昼食直後にハードなアトラクションはかんべんしてもらいたいが、天音が楽しむのを邪魔する気もない。

好きにしていいよとうながせば、天音は「うん」とうなずいて、久しぶりに会った友達だから、と彼女達と一緒にジェットコースターに乗りに行った。

「一回乗ったらすぐ戻るから、待っててね」

「ん。ちゃんと待ってるよー」

だから安心して行っておいで、とひらひら手を振って送り出し、ちょうどいいタイミングで単独行動ができるようになったな、と思う。

天音がそばから離れたとたん、朝から感じていた嫌な視線が外れたのだ。これは確定だろう。

ジュースを飲み干して、一服。

さて、そろそろ駆除に行くか、と立ち上がりかけて、けれど途中で止まった。

「えらい遅なりまして、すんまへん」

おかしなイントネーションのエセ方言で謝りながら向かいのイスに座ったのは、キツネ顔の茶髪男。本名は知らないが、あだ名は知っている。

「クダ」

彼は手にしたアイスコーヒーをずずずず、とすすり、元から細い目をさらにほそめてニィと笑んだ。

「ハイ。背後確認が終わりましたんで、今、片づけました」

すい、と動かされた視線を追えば、車イスを押して歩いていく男性が見えた。

そこに乗っている人物はどうやら眠っているらしく、その手にファンシーな風船のついた糸を巻き付けたまま車イスに身を沈めている。彼らは人ごみの中でとくに浮いたふうもなく、ゆらゆらと風船を揺らしながら、のんびりとした足取りで出入り口の方へと進んでいって、視界から消えた。

あの車イスで熟睡中の彼が、おそらく朝からつきまとっていた嫌な視線の主だろう。

視線を戻すと、いつの間にかアイスコーヒーを飲み干していたクダが言う。

「言伝《ことづて》を預かっとります。楽しんでこい、と」

それは遊園地の入り口で、おとーさんが別れ際に言ったのと同じ言葉だ。

ん、とうなずけば、彼はさっさと立ち上がった。

「合流されるまで、ボクもそのへんでテキトーに遊んでますんで」

良い休日を、と言って離れていく。

一人残されたあたしは、肩の力を抜いてイスに座りなおした。

彼はおとーさんに「クダ」と呼ばれて、時々こんなふうに使われている人だ。

その素性はわりとろくでもない。

なにしろ天音の元ストーカーで、学校に盗聴器を仕掛けたところでおとーさんに捕まり、一晩オハナシをした結果、おとーさんの忠実なイヌになった人物だ。天音をストーキングするために仕事をやめたとかいう元エリート会社員で、そのムダに高い学習能力をついやしてイロイロとまっとうでない技術を身につけていたのを見込まれ、今日みたいにたまに害虫駆除要員として駆り出されている。

一瞬で人ごみにまぎれこめる特徴の無さと影の薄さ、そして何より必要なことだけ話して、あとは出しゃばらない態度がいいと、おとーさんに気に入られているが。

基本的に要注意人物。

しかし最近、彼はおとーさんの知人が経営する会社に就職して、そこでなかなか活躍しているらしいと聞いたような気がしたけれど。

いったいどんな仕事をしているのやら……

「うちの周辺はホント、濃い人が多いよなぁー」

ちいさくつぶやき、しみじみと自分の平凡さを感じながらため息をつく。

おかーさんと天音の美人母子は見た目からして別世界だが、おとーさんもわりと異次元な人だ。

外見からそうとわからないぶん、うちの家族の中ではおとーさんが一番性質《たち》が悪い気がする。

それなのにこのところ、どうもあたしがおとーさんの後継ぎなんじゃないかという噂話が一部で密かにささやかれているらしいのだが、正直なところ「あんな人の後なんか継げるか」と思う。

まぁ心配しなくても、きっと天音の旦那になる人が死にものぐるいで継いでくれるだろう。

それはつまり、今ふらりと現れて消えた、あのクダみたいなのを使いっパシリにできるような人物でなければ天音の隣には立てない、ということだが。

娘の旦那査定は、親の領分。

義姉《あたし》はその人が現れるまで、ちょっとした番犬でいればいい。

イスから立ち上がって空のコップをごみ箱に捨て、ちょうどこちらへ戻ってきた天音の方へと歩いていく。

「お姉ちゃん、ただいま！」

「はいはい、おかえりー」

クダのおかげでカバンの中のアレは使わずに済みそうだ、と内心ほっとしながら、天音と一緒に歩いてきた女の子達と話す。

この後、「苦手克服のためにおばけ屋敷へ行くことにした」から「お姉ちゃんも一緒に入ってほしいの」とお願いされ、そこで思いがけないトラブルにみまわれ。あって良かったもしもの備え、という言葉を実感するとは、思いもせずに。

「ねぇ、お姉ちゃん」

「うん？」

「さっきみんなと話してたんだけどね、ここのアトラクションならそんなに怖くないらしいから――」

時々、日常からわずかにズレたところにある裏側をちらりと薄目でのぞきつつ、それが通り過ぎればまたありふれた生活へ戻る。

平和で危ない、そんな義姉《あね》の日常の一コマ。

◆◆◆◆番外編「お姉ちゃんだから」※書き下ろし

太陽がゆっくりと沈みゆき、夕暮れのオレンジ色と夜の藍色が混じる空の向こうで、見覚えのある影が大きな翼を羽ばたかせた。

真珠色の鱗《うろこ》が夕陽を浴びて緋色《ひいろ》に煌めく、ホワイト・ドラゴン。

私が生まれ育った世界にはいなかった優美な生き物が、なめらかな動作で旋回しながら高度を下げ、野営地からすこし離れた場所に着陸する。

「お姉ちゃん、おかえり〜！」

焚き火の番をしていた私は、立ち上がって手を振った。

イグゼクス王国にある世界五大聖域のうちの一つ、風の谷の様子を見に行くと言って出かけたお姉ちゃんが、旅の仲間でホワイト・ドラゴンの騎手のレグルーザさんと一緒に戻ってきたのだ。

思っていたより早く帰ってきてくれたことが嬉しくて、手を振りながら返事を待っていたけれど、なぜかレグルーザさんが軽くうなずいて応じただけだった。

いつもならお姉ちゃんも一緒に返事をしてくれるのに、今日はどうしたんだろう？

心配になって焚き火の番をオルガに頼み、ホワイト・ドラゴンから降りるレグルーザさんのところへ歩いていく。

「おかえりなさい、レグルーザさん」

「ああ」

短くうなずいて応じると、レグルーザさんは荷物を持ってホワイト・ドラゴンから離れる。

二人が私達のところへ合流すると、ドラゴンは鞍《くら》と手綱を外されて解放されるので、いつもならすぐに飛び立っていくからだ。

けれど今日はなぜかその場を離れようとせず、近くで見ると圧倒されそうになる、大きくて優美な白鱗《はくりん》の獣は、長い首をゆっくりとのばして主人の腕の中をのぞきこむ。

敵意が無いことを理解していても、人とは比べものにならない大きさの生き物が近づいてくるというのは、けっこうな迫力で。

私は思わず一歩引きそうになったけれど、主人であるレグルーザさんはまったく動じなかった。

彼はドラゴンの発する無言の問いかけを理解して「眠っているだけだ」と答えると、行け、と穏やかに促す。

すると、主人の落ち着いた様子を見て安心したのか、ホワイト・ドラゴンはまたゆっくりと首を戻すと、大きな翼を広げて優雅に空へと舞い上がっていった。

その拍子に巻き起こった突風で乱れてうねる髪を押さえ、くくぅ、るー、と歌うように鳴きながら飛んでいくドラゴンを見送ると、私もレグルーザさんの腕の中を見上げる。

「お姉ちゃん、眠ってるんですか?」

「眠っているというより、熟睡しているな、これは。どうも、ここを見つけるのに風の精霊の力を借りたのが、本人が思っていたより負担になったらしい」

言いながら、レグルーザさんがすこし身をかがめて腕に抱いたお姉ちゃんの顔を見せてくれた。

私はお姉ちゃんが精霊の力を借りられると聞いてびっくりしたけれど、そんな話をするよりも、様子が気になって背伸びする。

そうしてのぞきこんだ先で、多少揺れたくらいではまったく気がつかないほど深く眠り込んだお姉ちゃんは、レグルーザさんの肩に頬を寄せて気持ち良さそうにぐっすりと眠っていた。

その寝顔は平和そのもので、思わず頬がゆるんでしまうくらい可愛い、いつも通りのお姉ちゃんだったけど。

「レグルーザさん。お姉ちゃんって、前に何日も眠ったままになったことがありましたよね?」

私が離れたので身を起こしたレグルーザさんは、片腕に抱いたお姉ちゃんを見おろしてうなずいた。

「確かに、あったな。だが、あれは眠りの魔法にかかったことがきっかけだ。今回は単純に、慣れないことをしたせいで疲れただけだろう。体温にも呼吸にも、今のところ異常はない」

疲労が回復すれば目を覚ますだろう、と言われてほっとした。

元の世界ではめったに風邪もひかなかったお姉ちゃんが、こちらの世界に来てからなぜか体調を崩すことが多くなっているので、最近はちょっとしたことでも心配になってしまう。

本当なら別行動もあまりしてほしくないくらい。

でも、こうしてお姉ちゃんの様子をよく見てくれるレグルーザさんが一緒にいるから、いくらか安心していられる。

「良かった……。……あっ。すいません、こんなところでずっと引き止めてて」

私が慌てて横にどくと、片腕に熟睡しているお姉ちゃんを抱え、もう片方の腕に重そうな荷物を持ったレグルーザさんは、「いや」と気にしたふうもなく答えて焚き火の方へと歩き出した。

……いいな、力持ちで。

大きな背中を見あげ、数歩遅れてついていきながら、私は自分の腕を見おろした。

こちらの世界に来てから、いろんな人の指導を受けて剣の技を磨いてきたこの腕だけど、残念なことに筋肉がついてきたという感じはしない。

どうやったら、レグルーザさんみたいな力持ちになれるんだろう？

もちろん、トラの獣人と人間の腕力を比べて考えてもしょうがない、ということはわかっているけれど。もしも私が、もうちょっと力持ちだったら、眠ってるお姉ちゃんを受け取って運ぶこともできたのかなと、ほんのちょっぴり思って。

ふむん、と右腕をまげて力こぶを作ってみるも、まったくふくらんで見えないそれにがっかりしつつ、レグルーザさんの背中を追いかけた。

夕食後。

どれくらい疲れているのか、お姉ちゃんは『星読みの魔女』アデレイドさん達の焚き火のそばに寝かされたまま目を覚まさない。

気になって、ずっとソワソワと落ち着かなかった私は、食事の片づけが済むと様子を見に、食後のお茶を飲んでいるアデレイドさん達の中にお邪魔させてもらうことにした。

「お姉ちゃん、ぐっすり眠ってますね……」

「ほんとうに。よくお休みになってらっしゃいます」

お姉ちゃんの寝顔を見て言った私に答えて言うと、アデレイドさんはお茶のカップを持って「どうぞ」とすすめてくれる。

「ありがとうございます」

お礼を言って受け取ると、私はそのままアデレイドさん達が囲む焚き火のそばに座らせてもらった。

隣にはアデレイドさんとレグルーザさんが座り、向かいには『守り手』バルドーさんと傭兵のブラッドレーさんがいて、私は彼らと一緒に温かいお茶を飲んでほっと息をつく。

そしてまた、レグルーザさんのそばに寝かされているお姉ちゃんの様子を眺めた。

「ちょっとうたた寝をしているだけなら、いつもは食事ができた頃に起きてくれるんですけど。今日はかなり疲れてるみたいですね」

ああ、そのようだ、とうなずいたレグルーザさんは、焚き火を眺めてお茶を飲むと、ぽつりと言った。

「食事ができあがった頃に起きるというのは、昔からなのか」

「えっと、はい。お姉ちゃんは料理している時には眠っていても、できあがる頃には自分で目を覚ましてくれるので、起こす手間がなくていいね、って。いつか母と話したことがあります」

まさかそこを気にされるとは思っていなかったので、答えながらレグルーザさんを見た。

白銀の毛並みに黒の縞模様が入った、きれいな毛並みのトラの獣人さんは、なぜかそれを聞いて苦笑している。

何かあったのかな、と小首を傾げると、彼は理由を教えてくれた。

「いや、たいしたことではないんだが。確かに、食事ができた直後に起きたことがあったと思い出しただけだ。その時は気にしていなかったが、言われてみれば、リオは食事が食べられるようになった時に目を覚ましていたな」

「そんなふうに起きられるもんか？　そういう奴はだいたい、できあがる頃合いを見て目を開いてる気がするんだが」

向かいからバルドーさんが言うと、レグルーザさんは「いや」と首を横に振る。

「それなら呼吸でわかる。リオは本当に、ただその時に起きた。……ふむ。とくに大食いというわけでもないし、何を食べてもたいてい「おいしい」と喜ぶから美食家には程遠いようだが。食べることには何か、こだわりがあるらしいな。前に数日寝たままになっていた時も、起きて最初に気にしたのが食事のことだった」

自分が数日間寝ていたと聞かされたその時、口を開いて一番に言ったのが、「十回以上ごはん食べそこねた？」だったという。

……うん。こっちは心配で心配で、それどころじゃなかったけど、改めて聞くと思わず和《なご》んでしまう、お姉ちゃんらしいエピソードです。

「そりゃ単に食い意地がはってるだけじゃねぇか」

あきれたように笑ったバルドーさんに、ちょっとムッとした様子でアデレイドさんが言う。

「言葉が悪いですよ、バルドー。リオさまは食事を大切になさってるんです。わたくしなどが作ったものにも、おいしいよと声をかけてくださった、優しい方なんですから」

普段は温厚なアデレイドさんが、珍しく言葉の裏で何かを責めている。

けれどバルドーさんは素直に謝る気など無いらしく、視線をそらして言った。

「リオは食べたら〝おいしい〟って言うのが癖になってるんだろ。なぁ？」

声をかけられたレグルーザさんは、俺に振るな、と迷惑そうに片耳をそよがせる。

なんだかちょっと不穏な空気に、どうしよう、とおろおろしていると、それまで黙ってお茶を飲んでいたブラッドレーさんが声をかけてきた。

「君達の世界の食べ物とこちらの世界の食べ物では、やはりだいぶ違うのかね？」

その言葉にアデレイドさんが興味を持ったようで、バルドーさんからこちらへと視線が移された。

さっきまでの不穏な空気がやわらぎ、私は内心でほっとして、ブラッドレーさんに答える。

「どちらの世界の料理も、それほど詳しく知っているわけではないので、はっきりとは言えないんですけど。個人的には、それほど違いは無いように思います。たぶん、基礎《ベース》になる味の好みが似ているからでしょうね。ただ、元の世界では見たことも聞いたこともないような食材がたくさんあるので、見慣れない料理が多いことは確かです」

「ああ、それはそうだろうね。食材は地域によって違うもの。ましてや世界が違うのなら、互いに未知の食材がいくつもありそうだ」

「はい。だから、たいていの食事は大丈夫なんですけど、見たことのない食材が入っていたり、慣れない匂いのするものには、ちょっと緊張します」

みんなが普通に食べているのを見て、きっと大丈夫だとわかっていても、自分で食べることをためらってしまうこともある。

そういう時は、なんだか自分がとても臆病になってしまったみたいで、ちょっと恥ずかしかったのだけれど。

「いや、それが普通だろう。初めて食べる物には多少の警戒が必要だ。他の者には問題無くとも、自分の体に合わない物もあるからね」

穏やかに言うブラッドレーさんと、優しくうなずくアデレイドさんに、何もおかしなことはないんだと教えられた気がして少し肩の力が抜ける。

するとそこへ、腑《ふ》に落ちない、という様子のレグルーザさんが言った。

「リオは何も気にせず食べているようだが」

一瞬の沈黙。

バルドーさんがつぶやく。

「あいつは何食っても平気そうだ」

即座にアデレイドさんからお叱り口調で「バルドー！」と呼ぶ声が飛び、白髪の『守り手』は悪びれない笑顔で「頑丈なのはいいことだろ」と答えていたけれど、ええっと。

「お姉ちゃんはそういうところ、けっこう勘で見極めてますよ？」

「勘で？」

私が言うと、ブラッドレーさんはちょっと驚いたように聞き返したけれど、レグルーザさんはすぐに同意してくれた。

「ああ、それはありそうだ。普段はいくらか考えて動いているようだが、たまに直感で行動することがある。俺にはどうにも危なっかしいように見えるが、リオはそれに慣れているようだからな。そのぶん感覚が磨かれていそうだ」

それでもまだ危なっかしく見えるのは確かなので、できれば直感で動くのはやめてもらいたいものだが、と苦笑するレグルーザさん。

私と別行動をしている時、お姉ちゃんはいったいどんなことをしているんだろう？

元の世界にいる頃も、見えないところで何をしているのかわからないという心配はあったけれど。

こちらの世界に来てからお姉ちゃん自身がパワーアップしてしまった分、私の心配も倍増している気がして、思わずため息がこぼれそうになる。

でも。

「お姉ちゃん、本当に大事なところは勘だけじゃなくて、ちゃんと考えてもいるんですよ」

そうか？　と少し首を傾げて、レグルーザさんはぐっすり眠るお姉ちゃんを見る。

私はその横顔を見て、そうですよ、とうなずく。

「レグルーザさんに一緒に来てほしいって頼んだ時は、ちゃんと考えがあっての行動じゃありませんでしたか？」

レグルーザさんは無言のまま耳をぴこぴこさせていたけれど、しばらくするとうなずいて答えた。

「まあ、確かに。リオなりの考えがあってのことだったようだ」

ただ旅をともにするだけでなく、彼がお姉ちゃんの理解者になっていてくれることを感じて、私は思わず笑顔になった。

うんうん、とうなずいて、もっとその話を聞きたかったけれど、レグルーザさんがそれきり口を閉じてしまったので、話題を変えることにする。

「そういえば、レグルーザさんといる時のお姉ちゃんって、どんな様子ですか？」

「どんな様子？　……いや、とくに変わったことはない。いつものリオのままだと思うが」

話題を変えるばかりでなく、じつは一度聞いてみたかったことなので、さらに言葉を重ねる。

「レグルーザさんの目から見たら、そうかもしれないんですけど。こちらの世界は私達の知らないものがいっぱいあるので、お姉ちゃんはどんなふうにそれを見てるのかなぁと思って、気になってたんです。……うーん。たとえば、レグルーザさんのドラゴンと初めて会った時。お姉ちゃんはどんな反応でした？」

「リオがホワイト・ドラゴンと初めて会った時か」

はい、とうなずいて答えを待っていると、レグルーザさんは苦笑まじりに言った。

「俺がいない間に服従させていたな」

「……えっ？」

すぐには理解できなくて、思わず訊き返した。

ふくじゅう、って、えーっと？

首を傾げる私に、彼は「なにしろ現場を見ていなかったからな。俺もよくわからんのだが」と言いおいて、詳しく教えてくれる。

「俺が見つけた時にはもう、ドラゴンの方がリオに完全に服従していた。地面にべったり伏せて、まったくの無抵抗でな。リオはその背に寝転がって、鱗がつるつるしていて気持ちいいと喜んでいた」

ああ、お姉ちゃんは、異世界に来てもやっぱり、お姉ちゃん……。

私が黙って聞いていると、ブラッドレーさんが楽しそうな口調で言った。

「いやはや、愉快なお嬢さんだ」

その隣から、バルドーさんの冷静なツッコミが入る。

「いや、愉快とか言ってる場合じゃないだろ。こんな小さいのが、どうやってドラゴンを服従させたんだ?」

バルドーさん、と私は笑顔で声をかける。

「うちにはこういう時のための、良い言葉があるんです」

「いい言葉? ……そう聞いても、なぜかあんまりいい予感がしねぇんだが。その、言葉ってのは?」

なぜか警戒気味に訊かれるのに、はい、とうなずいて私は答えた。


「お姉ちゃんだから」


我が家では、この一言でたいていの事が納得される。

今やそれは世界を超えて広がり、反論の声も無く静まり返ったその場に、焚き火の中の小枝が爆ぜる、小さな音だけが響いた。

しばらくの沈黙の後、皆を代表するようにレグルーザさんが言う。

「そうだな。リオだからな」

さすがはお姉ちゃんの見こんだひと。

私はにっこり笑って、はい、とうなずいた。

義妹《いもうと》が勇者になりました。4

＊本作は「小説家になろう」（http://syosetu.com/）に掲載されていた作品を、大幅に加筆修正したものとなります。

2015年5月20日　第一刷発行

著者 …………………………………………………… 縞白
©SHIMASHIRO 2015
イラスト …………………………………………………… 風深
発行者 …………………………………………………… 及川 武
発行所 …………………………… 株式会社フロンティアワークス
〒173-8561　東京都板橋区弥生町78-3
営業　TEL 03-3972-0346　FAX 03-3972-0344
アリアンローズ編集部公式サイト　http://www.arianrose.jp
編集 …………………………………………… 小柴真道・原 宏美
装丁デザイン …………………………………… ウエダデザイン室
印刷所 …………………………………… シナノ書籍印刷株式会社